建築士・音無薫子の設計ノート

謎(ワケ)あり物件、リノベーションします。

逢上央士

宝島社
文庫

宝島社

CONTENTS

Kaworuko Otonashi's
design notes

Note 01
窓のない部屋…3

Note 02
モテないオンナと捨てられない男…93

Note 03
使われなくなった部屋…169

Note 04
建築がつなぐもの…213

Note 01 ▼ 窓のない部屋

1

駅前の大通りから一本入ると、それまでの喧噪が嘘のような静寂に包まれる。薄暗い路地の先、一軒の古びたビルがひっそりと佇む。

その一階店舗に掲げられた看板は、いささか奇妙だった。

【コーヒー・軽食・不動産　喫茶『縁（Ｅｎｎ）』】

「……不動産？」

今西中はゆっくりと目を閉じ、再度看板を仰ぎ見る——見間違いでは、ない。

「住所はここで合ってるよな」

手元のメモへと視線が落ちる。そこには、「一階に喫茶店が入ったビル」とだけ書かれていた。

「喫茶店……だよな？」

窓は磨りガラスになっており、店内を窺い知ることはできない。

「そういえば、朝から何も食べていなかったな」

約束の時間までは、まだ一時間近くある。軽く腹ごしらえでも、と今西は思い立つが、初めて訪れる謎に包まれた店は、なかなかにハードルが高かった。

固く閉ざされた扉を前に、今西はしばし躊躇（ちゅうちょ）するが、

「……よし」

意を決し、木製のドアに手をかけた。

ちりんちりん。

甲高いベルの音と共に、コーヒーの良い香りが今西の鼻腔（びくう）をくすぐる。

壁や天井、家具にいたるまで落ち着いた木調で統一され、飴（あめ）色の木目が控えめな明かりで照らされる店内。カウンター席とは別にテーブルが数個、ゆったりとした間隔で配置されている。客は奥のテーブル席に三人組の若い女性客がいるだけだ。

思っていたよりもオーソドックスな店の雰囲気に、今西は内心ほっとする。

「いらっしゃいませ。お好きなお席へどうぞ」

カウンターの奥で、背の高い男性店員が微笑む。今西は、手近なテーブル席へ腰を下ろした。

「お兄さーん、アタシのアイスコーヒーまだー？」

突然、奥のテーブルから、ボリューム調整を間違ったような大声が飛んでくる。今西が視線を向けると、三人組の一人が手を挙げて店員を呼んでいた。

「お待たせして申し訳ありません」

間髪を入れず、アイスコーヒーを手にテーブルへと向かう店員。

「こちら、サービスになります」

小皿に入った焼菓子を三人に配りながら、大声を出していた彼女へにこりと微笑みかけると、彼は人差し指をスッと自らの口に当てた。

「わっ、アリガトー！」

その意味を分かっているのかどうか、眼前の彼に対しても同じトーンで話す彼女。

しかし、小さな焼菓子を一口頬張ると目尻を下げ、黙ってその味を堪能し始めた。

「どうぞごゆっくり」

静けさを取り戻す店内。如才なく一礼した店員が、今西の元へやってくる。

「よろしければ、上着はあちらのハンガーへお掛けします」

コップとおしぼりをテーブルに置きながら、今日は暑いですね、と微笑む店員。

「あ、ありがとうござ……」

無造作に椅子へ置いたままになっていたジャケットは、今西が礼を言い終わるより早く、いつの間にか壁際のハンガーラックへ掛かっていた。

「……い、ます」

今西は、思わずまじまじと店員を見やる――ファッション誌の表紙から飛び出したような整った顔立ちに、舞台役者のごとく堂に入った振る舞い。思わず執事(しつじ)喫茶にでも入ってしまったのかと、今西が勘違いしたほどだった。

「え、ええと……、このサンドイッチセットをお願いします」

「かしこまりました」

目に付いたメニューを勢いで注文した今西。イケメン店員が優雅に一礼し立ち去るのを見送ると、コップに手をやり、よく冷えた水を口に含む。

「ふぅ」

シャツの袖(そで)を無造作にまくり上げると、鞄からクリアファイルを取り出した。

「……よし、ちゃんと書けているな」

出がけに急いで記入した履歴書に、漏れや間違いがないことを確認しながら、今西は大学で教授と交わした会話を思い出す。

『――研修生(インターン)、ですか？』

『私の知り合いがやっている設計事務所なんだが、ちょうど一名募集していてね。勝手だとは思うが、君を紹介させてもらったんだ』

『……どうして、俺を？』

『最近、私の講義に顔を出していないようだから、少し気になってね』

『ええと……、ちょっとバイトが忙しかったので……』

『松永君から聞いている。あまり感心しないが、君にも色々と事情があるのだろう』

『……すみません』

『インターンシップやオープンデスク制度は課外実習の一環でもある。この話を受ければ、欠席分を帳消しにするが？』

『………俺はもう、インターンは――』

『そう言わずに、私の顔を立てるつもりで面接だけでも受けてみなさい』

『………』

『君にとっても悪くない話だと思うがね。なにせ――』


そんな話があったのが、先週末のことだ。

「『音無建築事務所』、ね」

ネットで検索しても一切情報が見当たらない、いまどき珍しい設計事務所だった。
設計事務所と一口で言っても、何百という社員を抱える大企業から、建築士一人で活動する個人事務所まで様々だ。その仕事内容も、戸建てやマンション、店舗やオフィスなど、特定分野に強みを持つ事務所もあれば、構造や設備設計のみを専門に行う建築士なども数多く存在する。

「……建築士、か」

類い希なセンスと湯水のごとく沸き上がるアイデアで、独創的な建築を次々と生み出していくアーティスト——そういった印象が強い職業だが、思うがまま個性を発揮できる建築士など、ごくごく一部の有名建築家に過ぎない。
今西は思う——建築士は芸術家とは違うのだ。己のエゴを問答無用で顧客に押し通すなんて、そんな我が儘なことは……。

「——つべこべ言わず、アナタはこの部屋にしなさい」

突如、店内に響く凛とした声に、今西の意識が現実へ引き戻された。

「……なんだ？」

今西は視線を向ける。声はまたもや奥のテーブル席から聞こえてきた。

テーブルに座るのは3人の女性。カジュアルな服装に身を包んだ、今西とそう歳が変わらないように見える二人――一人は先ほどの大声女だ――と、その対面に座る細身フレームの眼鏡を掛けた小柄な女性。いまの声は細眼鏡の女性から発せられたものだった。

「はぁっ!?　勝手に決めないでくれる?」

対面の片方、派手な化粧をした大声女が眉をしかめながら、テーブルから離れている今西でさえ耳を塞ぎたくなるほどのがなり声をあげた。

「ちょっとマコ、声……」

隣に座る連れが慌てて注意するが、彼女はこれが普通だと、気にした様子もなく言葉を続ける。

「アタシにも色々要望ってものがあるの。それを聞きもしないってアンタ、アタシの何が分かるのよ」

「ええ、よく分かっているわ」

細眼鏡の女性は大声を気にする様子もなく、よく通る声で告げた。

「――いま住んでいる部屋の騒音問題で、一刻も早く引っ越したい……違う?」

「……えっ⁉」

驚く相手に、女性は一枚の紙を差し出す。

「このマンションは『壁式RC造』といって、騒音問題がほぼ起きないと言っていい構造になっているわ。アナタのお悩みにぴったりな物件だと思わない？」

「な、なんで、そのことを……」

呆然と紙に視線を落とす彼女へ、女性はもう一枚の紙を取り出した。

「アナタが現在住んでいるこちらの物件は、『軽量鉄骨造』といってね。駅近のわりに家賃が安いから若いコに人気があるんだけど、構造上、音漏れがしやすいの」

「構造……？」

「部屋を探すときに物件の構造まで気にする人は少ないけれど、結構重要なのよ」

いまいちよく分からないといった表情の彼女だったが、ゆっくり首を縦に振る。

「……確かに、隣の部屋からの騒音に悩んでいるけど」

夜になると、隣室からドン、ドンという音が頻繁に聞こえてくるという。テレビや電話の声が聞こえなくなるほど大きな音で、正直迷惑しているのだ、と。

「この部屋、駅からの距離も、そんなに変わらないのね……」

物件情報に目を通していた彼女は、なにかに気づいたように顔を上げる。

「なんでこんなに家賃が安いの？」

音漏れしにくいメリットがあるにもかかわらず、これまで住んでいた部屋とさほど変わらない家賃。彼女が口にした当然の疑問に、女性は溜息を吐きながら答える。

「日当たりが悪いせいであまり人気がないのよ。窓が小さめなのも原因の一つなんだけどね……」

「日当たり？」

「ええ。でも――アナタなら問題ないでしょう？」

確信めいた表情で見つめる女性に、彼女は一層目を見開きつつ、小さくうなずきを返す。

「……昼間はほとんど家にいないから、日当たりなんか気にしないわ」

そうつぶやくと、渡された紙を熱心に読み始める。物件を気に入った様子の彼女に、女性は細眼鏡の奥からにこりと微笑みかけた。

「これなら、アナタの大声が原因で騒音問題が発生することもないわね」

「…………は？」

女性は笑みを強めながら、言葉を続ける。

「隣室から響く大声に腹が立った住人が壁を思いっきり叩く――いわゆる『壁ドン』ってやつね。アナタはその『騒音』に悩んでいたのでしょう?」

「な……っ」

指摘された彼女は、言葉を失う。

「アナタが声のボリュームにもう少し気を遣えば、引っ越しなんかしなくても騒音問題はすぐに解決するんだけど……将来のためにも、私はそちらをおすすめするわ」

やれやれといった仕草で、口元に笑みを浮かべる女性。

「…………ぷっ」

「~~~っ!!」

隣で連れが噴き出し、彼女は絶句したまま顔を真っ赤にする。そんな光景を気にも留めず、女性は満足げに微笑むと、今度はその連れへと向き直る。

「さあ、次はアナタの番ね」

「は、はい。よろしく、お願いします……」

かしこまる彼女に、女性は細眼鏡の奥から鋭い視線を投げかける。

「…………」

今度はなにが始まるのだろうと、離れた席に座る今西までもがごくりと唾を飲み込んだ、そのとき、

「――お待たせいたしました。こちらミックスサンドとコーヒーになります」

「！」

ふいに間近で声を掛けられ、今西は慌てて目の前のテーブルに向き直る。

「あ、ありがとうございます……」

「……おや？」

なおもちらちらと視線を奥の席へと向ける今西に、注文の品を運んできた店員が首をかしげる。

「もしかして、お部屋探しの方でしたか？」

「い、いいいえ、違いますけど……」

慌てて首を振りつつ、今西は彼の言葉が気になって尋(たず)ね返す。

「……部屋探し、ですか？」

「こちらの店舗では、喫茶と不動産仲介のスペースを一部兼ねておりますので」

表の看板に書かれていた『不動産』の三文字。――なるほど、あのやり取りは部屋を探している客に物件を薦(すす)めていたのか、と今西は納得した。

「あ、そうだ」

今西はふと思い出し、店員に尋ねてみる。

「このビルに『音無建築事務所』ってありますか？」

「ええ、二階にございます」

今西の顔をもう一度見返した店員が、「ああ」と納得いった様子でうなずく。

「インターン面接を受けにいらっしゃった学生さんですね。伊豆野（いずの）先生からお話は伺（うかが）っています」

「え？」

なぜ喫茶店の店員がそのことを知っているのか……そんな今西の表情を察したように、店員は笑いながら続ける。

「外出中の店長に頼まれて、臨時でお手伝いをしていましてね」

そう言って、店員は一枚の名刺を差し出す。

「はじめまして。僕は音無建築事務所のスタッフで、月見里（やまなし）と言います」

名刺には『音無建築事務所　助手　月見里一（やまなしはじめ）』とある。

「あっ、すみません、俺は……」

今西は慌ててクリアファイルから取り出した履歴書を目の前の店員――月見里へ差し出す。

「面接の相手は、僕じゃありませんよ」

そう言うと、彼は小さく笑い、ある方向を指さす。

「薫子さんでしたら、もうすぐあちらのお手伝いも終わると思いますので」

彼が指し示す先には、物件を紹介し終えたらしい、さきほどの細眼鏡の小柄な女性がいた。

「もしかして……」

「ええ。彼女が音無建築事務所代表——音無薫子さんです」

二人組が帰るのを見届けた女性——薫子は、今西らに目を向けると、ゆっくりとした足取りでテーブルへやってきた。

「あの人が……?」

今西は彼女の姿をじっと見つめる。男性の中でも背の高い部類である月見里や今西と比較すると、より小柄に見えるその姿。ショートボブの髪が歩みと共に軽やかに跳ね、細身フレームの奥では、勝ち気そうな黒い瞳が真っ直ぐに今西を見つめていた。

「薫子さん。こちらは……」

「ん」

テーブルの上に置かれたままの履歴書へちらりと視線をやった薫子は、説明しようとした月見里を手で制すと、そのまま顔を上げ、今西に向き直る。

「あ、あの……」

今西は戸惑いながら月見里に視線を送るも、彼は可笑しげに肩をすくめるだけ。

針の筵に座らされた気分を今西が味わうこと、しばし――薫子はふぅと小さく息を吐くと、手に持つ紙束から一枚を取り出した。

「アナタには、この部屋をおすすめするわ」

今西は反射的に差し出された紙を受け取る。それは、ここからほど近い場所にある学生向けアパートの紹介チラシだった。

「え、ええと、俺は部屋を探しに来たわけじゃなくて……」

「分かっているわよ」

今西の言葉を遮るように、薫子は呆れ顔で続ける。

「でも、いま住んでいる２ＬＤＫのマンションは、アナタ一人の手に余るでしょ？」

「え……？」

背中がぞくりとする感覚に、今西は小さく身震いした。

「ウチはインターンでもそれなりの給料を出すつもりよ。伊豆野さんから話は聞いてるわよね？」

「は、はい」

戸惑いながらうなずく今西に、薫子は「でも……」と続ける。

「いままで二人で払っていた家賃を無理して一人で払い続けるなんて、ハッキリ言って無駄ね。出て行った彼女に未練があるのでしょうけど、いつまでも終わったことにクヨクヨしているのは男らしくないわよ」

「な……っ⁉」

今西は驚愕する。

痛いところを突かれたとか、そんな次元の話じゃない。

――目の前の女性は、履歴書に書いてあるはずもないプライベートな事情を、なぜか正確に言い当てたのだ。

「薫子さん、その辺りにしておいてください。彼が混乱していますよ」

苦笑しながらそうたしなめる月見里の声も、呆然とする今西にはどこか遠くに感じる。予想外な事態の連続に、いよいよ頭がパニックを起こしそうだった。

「今西中、か。……じゃあ、チュンね」

「は、はぁ……」

突然あだ名を付けられ、今西は戸惑う。

「採用」

「……え?」

その言葉の意味を今西が理解するのに、しばらくかかった。

「月見里……は、お店があるわね。じゃあ、お留守番よろしく」

「ええ、お気を付けて。後のことはお任せください」

そう言って、どこかへ出かけようとする薫子。

「え、え……？　採用、なんですか？」

目を白黒させる今西に、月見里が無言で笑みを返す。

「チュン、早く立って支度なさい」

店を出ようとした薫子が、急かすように告げる。

「お、俺も行くんですか？」

「当たり前じゃない」

今西は慌てて席を立ちながら、混乱する頭のまま問いかける。

「一体、どこへ……」

薫子は力強くドアを開け放ちながら、満面の笑みを浮かべた。

「――これから、新しい仕事の依頼人と会うのよ」

2

事務所の最寄り駅から、乗り換えも含めて一時間弱。訳も分からぬまま薫子に連れられてきた今西は、そこで待っていた依頼人の車に乗せられ、彼の自宅へと向かっていた。

「改めまして、高部と申します」

運転席からバックミラー越しに会釈する依頼者――高部哲。

「音無建築事務所、代表の音無です」

薫子も礼を返す。

「あ……、は、はじめまして。今西です」

ぎこちなく頭を下げる今西に、若干怪訝な表情を浮かべた高部は、あらためて後部座席に並ぶ二人を見やる。

「狩生さんが『とびきりの建築士』と豪語するものですから、どういった方がいらっしゃるのかと気になっておりましたが……」

年若い女性建築士と挙動不審な男子学生。小柄な体躯も相まって、学生である今西より幼く見える薫子の容姿も、高部の戸惑いに拍車を掛けていた。

「……なにか？」

「……いえ」

そういった反応に慣れている薫子は、澄ました表情で笑みを返す。

隣に座る今西は、そんな彼女の仕草に、どこか子供が背伸びしたようなちぐはぐな印象を受けた。喫茶店で初めて顔を合わせた際にも感じたが、設計事務所を切り盛りしているようには、とても見えない外見だった。

「……なによ」

じっと見つめる今西を訝しんだ薫子が、小声で睨み返す。

「な、なんでもありません」

今西は気まずくなり、慌てて視線を前方に戻す。薫子は「ふんっ」と小さく息を吐き、視線を高部に戻した。

「ご自宅は、最近引っ越されたばかりだそうですね」

「亡くなった父の家を私が継ぎまして、家族と共に出戻ってまいりました」

その自宅が、今回依頼を受けた物件。つまり、新築の戸建て設計ではなくリフォームの設計依頼ということだ。

「お願いしたいのは、二階にある一室です。引っ越しを機にどうにか改装できないかと考えているのですが……」

近年はゼロから家を設計する新築案件よりも、既存の家を修繕したり増改築したりするリフォーム需要のほうが増加傾向にある。人気テレビ番組の影響もあってか、定番のハウスメーカーだけでなく中小の設計事務所にも、個人が気軽にリフォーム設計を依頼するようになってきていた。

「細かなお話は、後で結構です」

高部の言葉を遮るように、薫子は人差し指を立てる。

「一つだけ、事前にお聞きしておきたいことがあります」

「なんでしょうか?」

怪訝そうに首をかしげる高部に、薫子は真剣な表情で告げた。

「——今回のご依頼は『リフォーム』でしょうか、それとも『リノベーション』でしょうか」


しんと静まりかえる車内。

「……どういった意味でしょう。その二つには、何か違いがあるのですか?」

戸惑う高部に対し、薫子は隣の今西へと視線を向ける。

「チュン。『リフォーム』と『リノベーション』の違いを説明してみなさい」

「え?」

突然バトンを渡され、今西は面食らうが、すぐさま講義で習った内容を思い出す。

「ええと、リフォームが『修繕』で、リノベーションが『改修』だったかと……」

「いかにも教科書的な回答ね」

小さく溜息を吐いた薫子は、言葉を続ける。

「実をいうと、この二つの定義って結構曖昧（あいまい）なの。そもそもの英語の意味だと、またちょっと違ったものになるし」

事業者によっては、工事の規模で区別したりもするのだと薫子は説明する。

「一般的な区別としては、『リフォーム』は古い設備を新しくしたり、壊れた箇所を直したりすること。『リノベーション』は空間そのものの役割や価値を見直し、相応しい形に作り替えること――ってところかしら」

空間に与えられた役割の変化に応じて大胆な用途変更を行うのも、リノベーションの一種ね、と薫子は付け加えた。

「……私にはまだ、違いがよく分からないのですが」

なおも首をかしげる高部に、待ってましたと薫子は声を高くする。

「私が思う、両者の違いは――問題の本質が『建築』にあるのか、それとも『人』にあるのかということです」

「人、ですか？」

リフォームにせよリノベーションにせよ、建築に何かしらの問題があり、それを修繕なり改修なりするものではないのか——今西はそんな疑問を口にする。

「リノベーション対象の物件は、人——住み手自身が、何らかの大きな問題や悩みを抱えている。そんなケースが多いのよ」

薫子が『悩み』と口にした瞬間、高部の表情がわずかに硬くなった。

「……高部さん。もう一度、伺います」

確信を持った表情で、薫子は告げる。

「——『リフォーム』と『リノベーション』。貴方が求めるのは、どちらですか?」

3

高部邸の外観を目にした今西の第一印象——それは『白い箱』だった。

余計な凹凸や装飾の類を排した立方型の建築。いくつか見受けられる正方形の窓は、どれもが小さめに作られており、箱めいた外観のイメージをさらに強めている。建てられた当初は輝かんばかりに真っ白であっただろう外壁は、長年風雨にさらされ若干ベージュがかり、独特の風合いを生み出していた。

まるで豆腐のようだ、と今西は思った。なめらかな絹ごしではなく、固くざらざらとした木綿豆腐。今西個人としては、味わい深い木綿豆腐のほうが好きだった。

「お待たせしました。玄関はこちらです」

車をガレージに停めた高部が、奥へ進むよう促す。通りに面して玄関ドアがあるのではなく、建物を回り込むようなアプローチになっていた。

「どうぞお上がりください」

ドアを開けた高部は、すぐさま玄関の照明を点けた。

「お、お邪魔します」

外よりもぐんと明るくなった室内。今西は恐縮しながら玄関を上がる。

「妻はちょうど娘を連れて外出しておりますが……」

「お構いなく。早速、件のお部屋を拝見させていただいても？」

「分かりました。こちらです」

高部に促され、玄関を上がった薫子らは廊下を奥へと進んだ。

突き当たりの壁に四角い小窓が開いている。そこから真っ直ぐ廊下に射し込む光は、まるで訪れた者を内部へと誘っているかのようだ。

「このお家は、高部さんのお父様が建てられたのですか？」

「はい。私が幼い時分の話なので、当時の記憶はほとんどないのですが」

「設計はハウスメーカーに依頼されたのですか？」

「確か、父が知り合いの設計事務所に頼んだと聞いています」

そんな話をしながら、三人は階段を上がり、二階の廊下をさらに先へと進んだ。

「――ここが例の部屋です。なにぶん引っ越してきたばかりなものですから、お見苦しい有様なのはご勘弁ください」

少し奥まった突き当たり。そこにぽつんとあるドアの前で、高部は足を止めた。しかし、その場に立ち止まったまま、ノブに手を掛けようとはしない。

「失礼します」

薫子は高部の前へ進み出て、自らドアを開け放つと、そのまま身体を室内に滑り込ませた。

「きゃっ！」

次の瞬間、中から小さな叫び声と、何かが倒れるような大きな音が鳴り響く。

「お、音無さん……⁉」

今西は慌てて室内に飛び込み――すぐさま足を止めてしまう。

「！」

昼間とは思えないほど、暗闇に包まれた室内。まるで洞窟にでも迷い込んだような光景に、今西は中にいるはずの薫子の様子を窺い知ることすらできなかった。

「すみません、どこかに照明のスイッチがあると思いますので」

高部に言われ、手探りでスイッチの場所を見つけた今西が、急いで照明を点ける。

「あいたたた……」

部屋の中央付近で、薫子が床に尻餅をついていた。どうやら床に置いてあった荷物に脚を引っかけ、転んでしまったようだ。

「大丈夫ですか？」

「ええ」

今西の手を借り、ゆっくり立ち上がった薫子は、あらためて部屋全体を見回す。

所狭しと床に段ボール箱が積まれた、六畳ほどの小さな室内。壁際には収納家具がいくつか並べられており、狭い室内をさらに窮屈にしていた。

「荷物を運び入れてもらって、そのままだったものですから……」

開け放たれたドアから中を覗き込みながら、高部は苦笑する。

「こんな状態でも、確認はできますでしょうか？」

「ええ、問題ありません」

薫子は衣服に付いたホコリを軽く払いながら、高部に尋ねる。

「建築当時の図面等は残っていますか？」

「ええ。私の部屋に置いてあります」

「申し訳ありませんが、お持ちいただいても？」

「はい、少々お待ちください」

そう言って高部は廊下を引き返す。

「……さて、と」

足音が遠ざかるのを確認した薫子は、急に慌ただしく室内を調べ始めた。

「何か気になることでもあったんですか？」

荷物を移動しながら床を覗き込む薫子に、今西が尋ねる。

「ちょっと手を貸しなさい」

薫子の指示に従い、今西は壁際の家具の位置を少しずらした。

「どれどれ……」

家具を移動させたことでできた隙間に、薫子は身体を潜り込ませる。お役御免となった今西は、薫子の指示で自らのスマホを取り出し、室内の撮影を開始した。

「お待たせしてすみません。会社から電話が掛かってきてしまったものですから」

しばらく無言で作業を進めていると、バインダーを抱えた高部が戻ってきた。

「お気になさらず。チュン、受け取っておいて」

部屋の隅から全体写真を撮っていた今西は、一旦入り口まで戻り、高部からバインダーを受け取った。

「……っと」

思っていた以上の重さに、今西は少し体勢を崩し、その拍子に持っていたスマホを取り落としてしまう。

「あ」

落下したスマホが、近くにあった箪笥（たんす）の隙間に入ってしまった。

「よろしければ、これを使ってください」

高部が上着のポケットから小さな懐中電灯を取り出す。

「あ、ありがとうございます」

コンパクトな外見に見合わない強い明かりのおかげで、すぐにスマホを見つけることができた。

「これ、いいですね」

「市販のものでは一番明るいライトなんですよ」

ライトを大事そうにポケットに戻した高部は、薫子を振り返る。

「それで、具体的な要望なのですが……」

「――おおよその見当は付いています」

言葉を続けようとした高部を、薫子は手で制し、告げた。

「この部屋に『大きな窓』が欲しい——それが高部さんのご要望ですね」

そう断言した薫子に、高部は目を見開く。

「窓……？」

意味が分からず、首をかしげる今西。薫子は室内をぐるりと見回す。

「この部屋——窓がまったく存在しないのよ」

「え？」

照明を点けるまでこの部屋が真っ暗だったことを思い出し、今西は手元の図面を確認する。すると『物置』と書かれたこの部屋は、二階の角部屋という配置にもかかわらず、『窓がない部屋』であることが分かった。

「でも、物置部屋だったら、窓は必ずしも必要ないのでは？」

今西の指摘に、薫子は首を横に振る。

「ここが本当に物置部屋なら、ね」

薫子は部屋を見回しながら、高部に問いかける。

「この部屋は元々『物置』ではなかった——違いますか？」

ふたたび目を見開く高部。薫子は、やはり、と続ける。

Note 01_ 高部邸

依頼内容：物置部屋に『大きな窓』が欲しい

Before

1F

主寝室

LDK

2F

物置

「この部屋はどなたかの自室——書斎として使われていたはずです。おそらく亡くなられたお父様が、ずっとお使いになっていたのではありませんか？」

「ど、どうしてそれを……」

驚いた様子の高部。

「書斎？」

訳が分からない今西は、図面を指さしながら薫子に尋ねた。

「図面には、『物置』って書いてありますよ」

「こういったタイプの部屋は、居室として設計しちゃいけない決まりになっているのよ。大学で習わなかったかしら？」

「……あ」

一定以上の開口部がない部屋は、居室として設計できない決まりになっている——そう講義で習ったことを、今西は思い出す。

「まあ、実際のところ図面上は『物置』とかにしておいて、住み始めてから居室として使っちゃうケースは多いのよ。法律も、使用者の住み方までは縛れないからね」

いちいち誰かが使用状況をチェックしに来るわけじゃないし、と薫子は苦笑する。

「でも、どうして書斎だったことまで分かるんですか？」

用途を『書斎』と断定したことが気になった今西は、薫子に尋ねる。

「……はぁ。少しは自分で頭を使いなさい」

薫子はやれやれといった様子で、壁のとある部分を指さした。

「ほら、ここ。壁紙に汚れていない箇所があるでしょう」

「え、ええ……」

七十センチほどの高さに、一直線上の白い跡がある。

「これは長い期間、家具を壁付けにしていたことでできたものよ」

続いて薫子は、床を指し示す。

「床には四箇所の小さなへこみがあるわ。これは、脚付きの家具が置かれていた跡よ――机みたいな、ね」

「じゃあ、この引きずったような跡って……」

今西は、別の箇所を指さす。

「この何本もある溝は、キャスター付きの椅子を動かしてできた跡よ」

ここにはかつてデスクとデスクチェアが置かれていた――そう薫子は断言する。

「あっちの壁には本棚が置かれていたみたいね。あそこだけ、床のヘコみ具合が強かったわ」

衣類よりも本のほうが圧倒的に重いから、と薫子は付け加える。

「あと、壁紙の汚れ自体にも、ヒントが隠されているわ」

「汚れに、ヒント？」

今西は壁を注視する。よく見ると、壁紙自体は廊下のものと同じだが、この部屋だけ妙に全体が汚れていた。

「この汚れはタバコのヤニによるものよ。窓もない、ただの物置部屋で、こんなに壁紙が汚れるまでタバコを吸うなんておかしいと思わない？」

机と椅子、本棚が置かれ、タバコを吸いながら過ごす時間が長い部屋……つまり、

「お父様が『書斎』として使っていた――そう思ったのよ」

図面によると寝室は別にあるみたいだし、と薫子は付け加える。

「……そこまで分かるものなのですか」

ずっと黙って二人のやり取りを聞いていた高部が、感心とも畏怖ともつかない表情でつぶやく。

「その様子ですと、私の予測は当たっていたようですね」

「……ええ。おっしゃる通り、この部屋は父が自室として使っておりました」

高部は目を伏せ、ぽつりとそう告げた。

「お父様は、この家にお一人で？」

「私も弟も、大学進学と同時に家を出まして、それからは父一人だったはずです。母は二十年前に病気で亡くなりました」

その父親も去年の暮れに亡くなり、遺言により家を相続した自分が家族と共に引っ越してきたのだと、高部が説明する。

「この部屋は、妻のためにウォークインクローゼットにでもしようかと考えています。ただし、窓だけは、できる限り大きなものを作っていただきたいのです」

高部は自身の考えたプランについて訥々と語り出す。

せっかくの角部屋なのだから、なるべく大きな窓を沢山作りたい。なんなら、外に面する二つの壁には収納を一切置かなくてもかまわない。いっそのこと、全面ガラス張りにするのもいい……、

「――申し訳ありませんが」

そんな高部の言葉を遮るように、薫子は告げた。

「具体的なプランに関する要望は、一切受け付けておりませんので」

「…………は？」

何を言われたのか分からない、と高部の表情が固まる。

「正確に言いますと、ご要望は一通りお聞きしますが、まずその通りにはならないと思っていただいて結構です」

「お、音無さん？　何を言って……」

信じられない発言に狼狽する今西。薫子は力強い笑みで答えた。

「――これが、私の『リノベーション』なんです」

4

高部邸を後にした薫子と今西は、電車に揺られていた。

「――何か、言いたいことがあるって顔ね」

無言で外を眺めていた薫子が、今西の視線に気づき、つぶやく。

「……いいんですか？　あんな我が儘を言ってしまって」

「我が儘？　何のことかしら？」

「要望は一切受け付けない、って……」

逆に鋭い視線を返され、今西はわずかに顔を逸らす。

「ああ、そのこと」

薫子はふぅ、と小さく息を吐く。

「高部さんだって、納得してくれたじゃない」

「納得……していましたか？」

文句があれば、プランを見た後でいくらでも言ってくれ――そう啖呵を切った薫子に、ただ圧倒されていただけのように、今西には見えた。

「実を言うと、ね」

薫子は手元の図面に目をやる。

「そもそもあの部屋は、窓が作れないのよ」

「……は？」

どういう意味ですか、と今西は首をかしげる。

「勉強不足ね」

薫子はバインダーを差し出す。

「図面を見れば一目瞭然だと思うけど」

今西は慌てて中身を開く。見積書や部材の説明書きなどの書類の中から、ようやく二階の設計図を見つけると、『物置』と書かれた部屋を注視する。

「……？」

なおも首をかしげる今西。薫子は小さな溜息と共に告げる。

「ヒントは、建物の『構造』よ」

「構造？」

図面には、『壁式ＲＣ造』と記されていた。今西はふと、喫茶店で同じ単語を聞いたことを思い出す。

「……あ！」

今西の記憶が、とあるキーワードを引き出す。

「──『耐力壁』ですか？」

「正解」

薫子は満足げにうなずく。

──建築には、一般的な『柱』『梁（はり）』『筋交（すじか）い』などを用いた構造の他に、面で荷重を支える『耐力壁』が存在する。柱を使わず、鉄筋コンクリート製の壁が構造を担（にな）う『壁式RC造』では、さらに強固な『耐力壁』を部分的に用いることで、耐震性能をより確かなものにしているのだ。

柱を必要としないため、内部空間を広々と使える他にも、耐火性や機密性などに優れる構造。高い遮音（しゃおん）性も特徴の一つだ。

多くのメリットを持つ『壁式RC造』だが、壁自体で荷重を支える構造であるが故の欠点も存在する。それが──

「この部屋の外に面する壁は、二面とも『耐力壁』。つまり、後から開口部を設（もう）けることが、ほぼ不可能なのよ」

建築を支えている壁に穴を開ければ、強度が著しく低下してしまう。入念な調査と構造計算を繰り返せば、わずかな開口は可能かもしれないが、コスト的には到底割に合わないであろう。

「……それならそうと、高部さんに理由を説明すれば良かったじゃないですか」

構造的に不可能だと聞けば、高部も納得せざるを得ない。なぜわざわざあんな挑発的な言い方をしたのか、今西が尋ねる。

「理由があろうがなかろうが、私の『リノベーション』は変わらないわ」

耐力壁云々（うんぬん）の制約がなかったとしても、高部の要望が叶えられるとは限らない。そう、薫子はつぶやく。

「リノベーション、ですか」

リフォームかリノベーションか、という薫子の問いに、高部は躊躇しながらも、今回の依頼を『リノベーション』だと答えた。それはつまり、単なる改修や改装ではなく、住み手――高部自身の悩みや問題を含めた解決を望んでいることに他ならない。

「……高部さんの抱える問題って、一体何でしょうか」

具体的な『問題』について、薫子が高部に直接問うことはなかった。その理由を、今西は尋ねる。

「高部さんも、会ったばかりの人間には話しづらいでしょう？」

薫子は、それに、と続ける。

「――私は、あくまで『建築士』だから」

「どういう意味ですか？」

　さらに問いかける今西へ、薫子は笑みを返す。

「依頼人の代わりに、『建築』に語ってもらえばいいのよ」

「建築に……ですか？」

　薫子はゆっくりと口を開く。

「住み手がどんな性格をしているか、どんな生活を送っているか、――そして、どんな悩みや問題を内に抱えているか……。建築を観察すれば、そういったものが色々と見えてくるのよ」

　薫子は、壁や床を観察しただけで、『物置』がかつて書斎であった事実を見抜いた。その洞察力に驚かされたことを、今西は思い出す。

「観察すべきなのは、現在の建築だけじゃないわ。あの家がどんな意図で、どんな思いで建てられたのか――建築の『過去』もしっかり理解しなきゃ」

「建築の過去？」

　薫子は一枚の写真を取り出す。

「バインダーの間に、これが挟まっていたわ」

　それは、あの家の玄関前で撮影された、高部家の面々――若い夫婦と小さな男の子が一枚に収められた写真だった。

「このお子さんが高部さんでしょうか」

「そうね。四、五歳ってところかしら」

緊張のためか、どこかぎこちない様子で両親の間に立つ少年。母親のお腹が大きくなっていることから、弟が生まれる前に撮られたものであることが分かる。

「いまとくらべて、家の外観もキレイですね」

宝石のように輝く、染み一つない真っ白な建物。現在の外観を思い起こすと、建物が辿ってきた歴史を感じさせる。

「当時のこの家について、より詳しく知るには、どうすればいいと思う?」

「え……?」

首をかしげる今西に、薫子は図面のとある箇所を指さす。

「答えは、ここよ」

今西は首を伸ばし、彼女が指す箇所に目をやる。

「『柏木一級建築士事務所』……?」

――そこには、あの家を設計した建築士の名が記されていた。

5

数日後。今西は再び薫子に連れられ、高部邸を設計した柏木建築士の自宅兼事務所を訪ねた。

「——ああ、覚えているよ。確かにこの家は、私が昔設計したものだ」

バインダーの図面に目を通しながら、柏木は懐かしそうに目を細める。

「差し支えなければ、当時のことについてお尋ねしたいのですが」

薫子は、高部からリノベーションの依頼を受けたことを説明する。

「あのときの小さなお子さんか。いやはや、月日の経つのは早いものだ」

うんうん、と感慨深げにうなずきを返す柏木。

「数十年前のことなのに、よくお子さんのことまで覚えてらっしゃいますね」

「私だって建築士の端くれだ。一生の買い物を自分に託してくれた依頼人については、できる限り覚えておくようにしているのだよ。……まあ、高部君——父親の康明(やすあき)君とは仕事上の付き合いもあったので、特に記憶に残っていてね」

「仕事の付き合い、ですか？」

柏木は、本棚から『Future Architect』と書かれた一冊の雑誌を取り出す。

「当時、とある建築雑誌の企画で、若手建築士の設計した家を集めた特集があってね。

康明君がその取材にやって来た縁で、その後も何度か一緒に仕事をしたんだ」

　ほらこれだ、と、柏木はあるページを指さした。

「どことなく高部さんのお家に似ていますね」

「そのとき取材した家を、彼がいたく気に入ってくれてね。ちょうど両親の遺した土地があるというので、とんとん拍子に仕事を受けることになったというわけだ。それほど蓄えがないと聞いていたので、こんな大きな買い物をしてしまって良いのだろうかと少し心配だったが、彼の熱意に押されてね」

「引き渡し後に康明氏にお会いになったり、ご自宅をお訪ねになったことは？」

「何度か電話で話したことはあるが……、その後すぐに彼が仕事を変えたこともあって、実際に会ったのは引き渡しのときが最後だ」

　亡くなったことを知ったのも、つい最近になってからのことだったと、柏木は残念そうにつぶやく。

「ちょうど彼のことを思い出しながら、これを眺めていたんだ」

　柏木は、厚い表紙のアルバムを取り出す。

「これは……、引き渡しのときに撮影された写真ですか？」

「ああ。わざわざアルバムにまとめて送ってくれたんだ」

　アルバムには引き渡し直後の建物の外観や、まだほとんど家具が置かれていない室内などを、様々な角度から撮影した写真がまとめられていた。

「へぇ……」

大学の課題で建築写真を撮りに行くこともある今西は、感嘆の溜息を吐く。写真はどれも、柏木建築士が設計上こだわったポイントなどが隈無く収められた、非常に出来の良いものばかりだった。

「こちらが、当時彼らと一緒に撮った記念写真だ」

柏木は一枚の写真——門の前で、高部一家と柏木とが並んだ姿が収められている——を指さし、懐かしそうに目を細めた。

「こちらの写真と同じ時に撮られたものでしょうか」

薫子がバインダーに挟まっていた写真を見せると、柏木は嬉しそうに微笑む。

「家族だけの写真もあったほうがいいと、私が撮ったものだ」

薫子は、眼鏡をかけた男性を指し示す。

「柏木さんのお隣に立っていらっしゃるこの方が、康明氏ですね」

「ああ。本当に、懐かしいな」

写真の中で微笑む男性。真面目そうな人柄が窺える表情にも、このときばかりは隠しきれない喜びが滲み出ているようだった。隣に寄り添う、お腹を大きくした女性も優しげな笑顔を浮かべている。

「…………」

彼ら夫婦が既にこの世にいないことを思い、今西はかすかに寂しさを感じる。

「こちらの少年が高部さん……息子の哲さんですね」

薫子は、中央に立つ男の子を指さす。

「怖がられてしまったのか、ほとんど話すことはできなかったがね」

現在も微かにその面影を残す顔つきは、どちらの写真でも硬い表情のまま。優しい空気に包まれた写真の中では、どこか場違いな印象すらあった。

「こちらのアルバム、少しの間お借りしても？」

「構わないよ。リフォームするのに必要な資料は何でも持っていきなさい」

「ありがとうございます」

薫子は、それで、と続ける。

「他になにか、設計時に気になったことなどはありませんでしたか？」

「気になったこと……ふむ」

柏木は、そういえば、とつぶやく。

「図面を見れば分かるだろうが、私は元々、夫婦二人と子供一人――三人家族のつもりで、この家を設計していたのだ」

「え？」

今西は思わず声を上げ、図面を見返す。

「奥さんが身重だったこともあって、打ち合わせはもっぱら康明君とばかり行っていたのだが、そのときも彼からは、夫婦の寝室とは別に自分用の書斎を一つ、それに子供部屋を一つ作って欲しいとしか頼まれていなかったんだ」

「確かに、おっしゃる通りのプランになっていますね」

薫子が図面を確認しながらうなずく。

「ところがだ。いざ家が完成し引き渡しとなり、彼のご家族と顔を合わせてみると、小さな男の子とお腹の中の赤ん坊、二人の子供がいるではないか。私は慌ててしまってね。本当にこのプランでよかったのかと何度も尋ねたものだ」

「その際、康明氏は何と？」

「プランは依頼した通りになっているから問題ない、と言っていたね。彼がそう言うなら、と、釈然としないながらも納得したのを覚えているよ」

「実は――」

薫子は、康明がずっと『物置』を自室として使っていたことを説明する。

「……驚いた。彼にはわざわざ専用の書斎を用意して、内装や造り付け家具の仕様についても、綿密に相談していたのだが」

「こちらの物置部屋について、何か具体的なお話はされましたか？」

「そういえば……」

かすかな記憶をたぐり寄せるように、柏木はぽつぽつと語り出す。

「あの耐力壁は、他の部屋になるべく大きな開口部を設けられるようにとの意図で設計したのだが……」

いよいよ施工も間近という段階で、最終確認の打ち合わせを行った際、康明はこの『窓のない部屋』に目を留め、ひどく興味を示していたらしい。

「窓のない部屋に、興味を……」

図面をじっと見つめた薫子は、「――なるほど、ね」と小さくつぶやいた。

その後も、建築当時のやり取りについて、柏木からいくつか情報を得た薫子は、満足げに立ち上がった。

「長々とお時間をとらせてしまい、申し訳ありませんでした」

気にしないでくれ、と柏木は笑いかける。

「こんな話でも、何かの参考になったかね？」

「――はい、大変有意義なお話でした」

薫子は深々と頭を下げる。

「本日はお忙しい中、お時間を割いていただきありがとうございました」

「あ、ありがとうございました」

隣で棒立ちになっていた今西も、慌てて頭を下げる。

「私も、自分が設計した建物には、最後まで責任を持ちたいからね。わざわざ訪ねてくれて、こちらこそ感謝するよ」

感慨深げに笑う柏木に礼を告げ、薫子たちは彼の事務所を後にした。

6

「ただいま。月見里、コーヒーお願い」

喫茶・Ｅｎｎに戻った薫子らを出迎えた月見里は、視線を店の奥へ向ける。

「薫子さん、お客様がいらしてますよ」

「客？」

首をかしげた薫子は、奥のテーブルに座る人物を見やる。

「高部さん……？」

スーツ姿の高部哲だった。

「いきなりお訪ねして申し訳ありません。仕事で近くまで来たものですから」

「いえ、構いません。――月見里、お茶菓子もお願い」

「かしこまりました。今西君は、こちらを手伝ってもらえますか？」

「は、はい」

今西は慌ててカウンターへ入る。

「わざわざお越しいただいたということは、何かお話が？」

薫子の問いかけに、高部は小さくうなずいた。

「すべてお任せするとは申しましたが、やはり私の考えを少しでもお伝えできればと思いまして」

「分かりました。お伺いさせていただきます」

高部は、その前に、とつぶやく。

「……一つ、確認しておきたいことがあるのですが」

首をかしげる薫子に、高部は若干身を乗り出すようにして尋ねる。

「――なぜ、あなたは私の望みが『大きな窓』だと分かったのでしょうか」

薫子は具体的な依頼を口にするより先に、その内容を言い当ててしまった。そのことが、高部はどうしても気になっていた。

「ヒントは三つあります」

薫子は指を立てる。

「一つめは、お家に上がった際のことです。あのとき、昼間にもかかわらず高部さんはすぐに玄関の照明を点けていらっしゃいましたよね」

「え、ええ……それがなにか？」

「二つめは、今西がお借りした懐中電灯です。あれほど強い光を放つ懐中電灯を常に持ち歩いている、という状況は、少し不自然に感じました」

市販されている最も明るい懐中電灯を、肌身離さず持ち歩く必要があるほど、明るさ――暗さに敏感。つまり……、

「おそらく高部さんは、暗いところが苦手でいらっしゃるのではないでしょうか」

暗所恐怖症とまではいかなくても、高部は「暗闇」を嫌っているのでは――そう尋ねる薫子に、図星を指された高部は驚きつつも、新たな疑問を口にする。

「……しかし、それだけでしたら、『大きな窓』を必要としているとは、分からないはずです」

窓は存在しなくても、あの部屋にはしっかり照明が付いている。ただ暗いところが苦手というだけなら、明かりが十分確保されている現状でも問題はないはずだった。

「そして三つめ――高部さんが一度も部屋の中に入ってこなかった、という点です」

薫子たちが部屋の調査を始めてからも、高部は一切室内に入ってこようとしなかっ

た。図面が入ったバインダーや懐中電灯を手渡すときも、今西が入り口まで受け取りに戻っていたほどだ。

「高部さんにとって、照明の有無は関係ないのでしょう。部屋自体の光ではなく、外から光が当たっているかが大事――違いますか？」

　無言で薫子を見つめ返していた高部だったが、やがて小さく溜息を吐く。

「……確かに、私は暗いところが少々苦手です。ただ、この懐中電灯はお守りのようなもので、使う機会は滅多にありません。初めて行く場所でなければ、真っ暗な部屋でも平気なくらいなのです。……でも」

「あの家――特にあの部屋が、高部さんにとって『特別』なのですね」

「……はい」

　薫子が柔らかな口調で話しかける。

「よろしければお話しいただけませんか？　高部さんが暗闇を――あの『窓のない部屋』を恐れる、その理由を」

「………分かり、ました」

　観念したような表情で、高部はゆっくりと語り出した。

——あの部屋を自室とし、家にいるときはほとんど籠もりきりだったという、高部の父親・康明。彼は息子たちに、「自分が部屋に入ったら、絶対にドアを開けないように」と常日頃から言いきかせていた。幼い高部は、父親が部屋で何をやっているのか気になりながらも、言いつけを守り、決して部屋に近づくことはなかったという。

「出版社の営業部門に勤めていた父は、母が亡くなって以降、ますます仕事に没頭するようになり、家に帰ってくることも稀な状態でした。この部屋は家主不在のまま、ずっと閉ざされたままだったのです」

ある日、珍しく早く帰宅した康明は、久しぶりに顔を合わせた息子たちの出迎えをよそに、しばらく使っていなかった自室に再び籠もってしまう。

「母を亡くしてから、兄としてしっかりしなければと、ずっと気を張っていたせいもあるでしょう。久しぶりに帰ってきた父に甘えることもできなかった私は、長く守り通していた言いつけを、破ってしまったのです」

自分たちよりも優先するもの。それが何かを確かめるべく、高部はこっそり書斎のドアを開け、ゆっくりと中を覗き込んだ。すると……、

「部屋の中は真っ暗で、父はいつの間にかまたどこかに出かけてしまったのだと、私は落胆しました。しかし、デスクのあたりに小さな明かりを発見した瞬間、私の目に、あの光景が飛び込んできたのです」

そこにあったのは、高部が開け放ったドアから射し込む光に照らされた父親――信じられないものを見るような目で、息子を見やる康明の姿だった。そして……、

「父の形相は、みるみるうちに憤怒の表情へと変わっていきました。しかも、部屋の奥から、何やら鼻をつく臭いが漂ってきたのです」

恐怖に震えた高部は、父親が何か言い出すより先にドアを閉め、急いで隣の自室へと逃げた。その日は一晩中部屋に籠もり、滅多に叱られたことのない父親の初めて見る表情を何度も思い出しながら、怯えて過ごしたという。

「翌日顔を合わせた父は、前日のことなど何もなかったように、普段通り振る舞っておりました。それが逆に恐ろしく、以来、私は暗く狭い場所が苦手になり、あの部屋にも二度と近づくことさえなかったのです」

何か得体の知れないことを部屋で行っていた父親。そんな父親も恐怖の対象となっていた高部は、大学進学と同時に家を出て、その後も父親と顔を合わせることはほとんどなかったという。

「父が書斎として使っていた部屋をウォークインクローゼットにし、暗く閉ざされた部屋に大きな窓を開けようと考えるのも、いまだに残る恐怖の記憶を塗りつぶしてしまいたい思いからかもしれません」

これからあの家で、新しい家族と暮らしていく高部にとって、過去の記憶を想起さ

せる部屋をそのままの状態で残しておくのは、耐えがたいことだったのだ。

「……以上です。これで、納得いく設計をしていただけるのでしょうか」

語ることはすべて吐き出したとばかりに、高部が問いかける。しばらく考え込んだままだった薫子は、すっと顔を上げた。

「一つ、提案したいことがあります」

「……なんでしょうか」

眉をひそめる高部に、薫子は告げる。

「――今回のリノベーション。プランはすべてこちらにお任せいただいた上で、高部さんは工事完了まで内容をご覧にならない、というのはいかがでしょう？」

「え……」

何を言っているのか分からない、といった調子で言葉を失う高部。

当然であろう。薫子が言っているのは、依頼者に対し、プランについて一切口を出させないばかりか、施工が仕上がるまで確認すらするなという意味だからだ。

「その代わり――」

さらに、薫子は付け加えた。

「プランがお気に召さなければ、リノベーション後でも料金は一切いただきません。ご希望でしたら、お部屋は元の状態に戻した上でお返しします」

「…………は？」

高部だけでなく、カウンターで耳を傾けていた今西までも、薫子が言い放った言葉に唖然としたのだった。

7

「……大丈夫なんですか？　あんな大見得（おおみえ）を切ってしまって」

高部が帰った後、満足げにコーヒーを口にする薫子に、今西は問いかける。

「問題ないわ。こういったことは一度や二度じゃないし」

薫子は、『リノベーション』の依頼が来たときに限り、今回のようにプランに一切口を出させないやり方をとることが多いのだという。

「どうしてそんなリスクの高い方法を選ぶんですか？」

自由にプランが考えられるというのは、大きなメリットにも思えるが、それが顧客の要望を無視したものでは意味がない。だからこそ、何度も図面を確認しながら顧客の意見を取り入れ、プランを修正していくのが、当たり前のやり方なのだ。

「じゃあ、逆に聞くけど」

薫子は振り返り、口を開く。

「自分が何を求めているのか分からない場合は、どうやってプランに口を出すのかしら？」

「え？」

薫子は続ける。

「例えば、今回の依頼。高部さんは最初、あの部屋をウォークインクローゼットにして欲しいって言ってたわよね？」

「は、はい」

曖昧にうなずき返す今西に、薫子は問いかける。

「でも、本当にそれが、彼の望む『ベストなプラン』なのかしら？」

「どういう意味ですか？」

「高部さんは、リノベーションを依頼した理由を『過去の記憶を塗りつぶしたい』とも言っていたわ。本当にあの部屋をウォークインクローゼットにすることが、その答えになるのかしら」

「それは……」

「もしかすると、『記憶を塗りつぶす』って目的自体にも、何か間違いが潜（ひそ）んでいる可能性があるわ。そういった先入観を一切捨ててもらうために、第三者である私たちの視点・考えに委（ゆだ）ねてもらうのよ」

「第三者の視点……ですか」

「そ。余計な先入観がない私たちが、ゼロから情報を集めたほうが、案外真実に辿り着けるものなのよ」

　薫子はにこりと笑う。

「依頼人さえ知らない真実、本人すら気付いていない真の要望を導き出し、最も相応しい設計（答え）を提供する――それが私たち建築士の役割よ」

「真の要望を導き出す……そんなこと、できるんですか？」

「できるか、じゃなくて『やる』のよ。そうじゃないと私たち、大損しちゃうわ」

　薫子は、軽い調子でそう告げる。

「とりあえず、まずは必要な情報をすべて集めることが先決ね」

「……まだ、何か調べることがあるんですか？」

もちろん、とうなずく薫子。月見里も笑って同意する。

「建築設計には、情報収集が欠かせません。現場調査とヒアリング、これの繰り返しですよ」

「ヒアリングですか……、大学じゃそんなこと習いませんからね」

知識ばかり身に付けても、実践的なコミュニケーションスキルが伴わなければ、社会に出た後に困ることになる。だからこそ、こういったインターンシップが積極的に推奨されているのかもしれない――今西は、そんなことをふと思った。

「では、練習がてら、今西君にもヒアリングをお願いしましょうか」

「え？」

月見里はカウンターに置いてあるノートPCを覗き込む。

「明日以降は、僕も含め、手分けして情報収集にあたります。今西君にも、ある方のヒアリングを担当していただこうと思いまして」

「ヒアリングって……、もしかして俺一人で、ですか？」

そんなことやったことがない、と戸惑う今西。

「大丈夫ですよ」

月見里は、かつての高部家を写した一枚を取り出し、微笑む。

「――君にピッタリのお相手がいらっしゃいますから」

彼が指し示したのは、優しく微笑む母親――その、大きなお腹だった。

8

「設計事務所の使いってのは、アンタ？」

数日後。とある大学のカフェテリアで待つ今西の前に現れたのは、高部哲の弟・晃輔だった。

「は、はい。よろしくお願いします」

「そんなかしこまらなくてもいいって。見たところ、そんなに歳も変わらないだろ」

この大学に通う三年生だという晃輔。同性、しかも同年代なら相手も話しやすいだろうと、今西が薫子の代わりにヒアリングを行うことになったのだ。

「あの家、リフォームするんだってな。そんなにボロかったっけ？」

「ええと、別に家全体をリフォームするわけではなくて……」

依頼を受けたのは一部屋だと今西が説明すると、晃輔は納得したようにうなずく。

「……ああ、親父の書斎か。俺もほとんど中に入ったことなかったんだよな。親父の私物を処分するときに入ったのが、初めてだったくらいだ」

高部の引っ越しを手伝う際、兄に代わってあの部屋に荷物や箪笥等を運び入れたのも、晃輔だという。

「晃輔さんは、お兄さんがあの部屋に複雑な思いを抱いてらっしゃることはご存じでしたか？」

「……へえ、兄貴のやつ、そんなことまで話したのか」

少し驚いた様子の晃輔。

「お父さんとお兄さんは、普段から仲が悪かったりしたんですか？」

「………………あのさ」

今西の問いかけに、晃輔は訝しげな表情を浮かべる。

「リフォームのために、あの家に関する話が聞きたいんじゃなかったのか？　そんなこと聞いてどうするんだ？」

赤の他人に等しい設計士、ましてやその手伝いに過ぎない今西に、あまり立ち入った話をしたくないと、晃輔は顔をしかめる。

「……それは」

一瞬たじろいだ今西だったが、このリノベーションが、高部たちの暮らしをより良いものに変える助けになるよう、できる限り情報が欲しい——薫子の言葉をなぞりながら、今西は必死に説明する。

「ふぅん。設計士ってのも、色々大変なんだな」

晃輔は小さく溜息を吐くと、話を続けることを了承した。

「俺もガキの頃のことは細かくは覚えてないけどさ。昔から兄貴は、親父に対して一歩引くっていうか、なんとなく避けるようなところがあったんだよな」

「……お父さんが高部さんに対して、ではなく？」

晃輔はうなずく。

元々、父親も家では口数が少ないタイプだったため、直接ぶつかって喧嘩するようなことはなかったが、同じ家に暮らしているのに、どこか他人のようなそっけない関係に見えた——そう晃輔は語る。

「最初の頃は、俺も色々気を回してみたりしたんだけどな……」

晃輔も徐々に、下手に引っかき回すよりも、このままでいいんじゃないかと思うようになったという。やがて、大学進学を機に高部が家を出て、親子の関係はついに修復されないままとなってしまった。

「今になって思えば、あのときもっと俺が頑張っとけば、親父も寂しい思いをして逝っちまわなくて済んだのかもなぁ……」

やるせない表情で遠くを見やる晃輔に、今西は返す言葉が見つからない。それでもなんとか話を続けようと、別の角度から質問をひねり出す。

「こ、晃輔さんは、いつひとり暮らしを始めたんですか？」

「大学進学が決まってすぐだよ。俺は家から通っても良かったんだけど、親父が勧めてくれたんだ。費用は出してやるから遠慮するなってさ」

「お父さんが？」

「いま思えば、親父は初めからあの家を兄貴に譲るつもりだったんだろうな。その前に、俺には独り立ちできるようになっておけってことだろ」

自分を避け続ける息子に、自らの書斎だけでなく家そのものを譲る――。

「…………」

複雑な親子関係の機微など、学生の身である今西には到底理解しきれるものではない。ますます思考に靄(もや)がかかってしまった気分だった。

「こんなところでいいか？　そろそろバイトの時間なんだけど」

「は、はい。……あ」

席を立つ晃輔に、今西はふと感じた疑問を口にする。

「あの部屋にあったお父さんの私物って、全部処分しちゃったんですか？」

「亡くなる少し前に親父に言われて、あらかたはな」

晃輔は、そうそう、と思い出したように続ける。

「——机だけは、俺のアパートに置いてあるよ」

「？　なぜですか？」

晃輔は苦笑しながら、その理由を説明する。

「鍵がかかったままの引き出しがあるんだけど、その中身だけは捨てないでおいてくれって、親父に頼まれてたんだよ」

私物を処分する際に、間違えて鍵を捨ててしまったという。机自体は古くて使いづらいので、どうにかして中身を取り出してから処分するつもりだと、晃輔は語る。

「安く請け負ってくれる業者があったら、教えてくれよ」

「は、はぁ……一応調べておきます」

連絡先を交換し、晃輔はカフェテリアを後にした。

9

晃輔へのヒアリングを終えた今西は、その足で音無建築事務所へと向かった。

「ただいま戻りました」

ブラインドが降りたままになっているのか、室内は薄暗く、ひっそりと静まりかえっていた。

「……留守?」

辺りを見回しながら、おそるおそる歩を進める。すると、足元に何かの紙が落ちていることに気付く。

「なんだ、これ?」

何とはなしに拾い上げる。どうやら、図面を描くのに使うトレーシングペーパー——トレペのようだ。

「っ⁉」

そこには、今西が見たこともない、風変わりで複雑なプランが描かれていた。

平屋一戸建てのシンプルな敷地。その東西南北すべてに玄関が配置されており、それぞれのエントランスから入った人間同士の動線がまったく交差しない。そんな迷路のごときプラン——まるで、四人家族のすれ違い生活をそのまま落とし込んだような印象の図面だった。

「こっちにもあるな……」

床をよく見ると、あちらこちらにトレペが散らばっている。しかもそのどれもに、奇妙なプランが描かれていた。

「おや？　戻ってらしたんですね、今西君」

今西が図面に目を通していると、キッチンスペースにつながる出入り口から、マグカップを持った月見里が現れた。

「あの、この図面は一体……」

集めたトレペを見せ、尋ねる。

「あちらですよ」

月見里は事務所の奥を指さす。薄暗さに慣れてきた今西が目を向けると、隅に置かれた大きな製図板の前に座る薫子の姿があった。

「音無さん……？」

声を掛けようとした今西は――次の瞬間、その光景に圧倒される。

「………」

今西の存在に気付いていないのか、はたまた気にも留めていないのか。薫子は背を向けたまま、突如もの凄いスピードでペンを動かし始めた。

「っ」

あっという間に新たな図面が完成したかと思うと、薫子は無言でそれを宙に放り、間髪入れず次の図面を描き始める。

「これ……全部、音無さんが？」

床に散らばる無数の図面を眺めながら、今西は呆然とつぶやく。

「彼女は考え事をするとき、図面を描きながら思考を整理する癖があるんですよ」

図面の一つを手に取った月見里は、じっとプランを見つめる。

「……いまは、少々行き詰まってらっしゃるようですね」

この複雑な図面の数々は、そのまま薫子の頭の中を表している——そう月見里は語る。特定の依頼に向けて描かれたものではないのだ、と。

「薫子さん」

つかつかと製図板の傍まで歩み寄った月見里が、マグカップを薫子の目の前に差し出す。

「そろそろ休憩なさったらどうですか？」

「…………あ、うん」

まるで夢から覚めたように、はっと顔を上げた薫子は、月見里から受け取ったカップにゆっくりと口を付ける。

「はぁー……」

描きかけの図面をぼんやりと眺め、薫子は大きな溜息を吐く。

「ぼんやりと輪郭は見えているのに、決定的な『芯』が足りない……そんな感じね」

「そういったときは、なおさら休憩が必要かと」

月見里は苦笑する。

「ほら、今西君が戻っていますよ」

大きく伸びをした薫子は、ゆっくりと振り返る。

「何か、新しい情報は聞き出せたかしら？」

「え、ええと……」

今西はメモを取り出し、晃輔から聞いた高部と父親の関係について報告する。

「肝心の物置部屋についての話は、あまり聞けてませんね……すみません」

そう言って頭を下げると、薫子は小さく首を横に振る。

「まあ、初めてのヒアリングにしては及第点よ」

もう一度大きく身体を伸ばし、再び製図板に戻ろうとする薫子。

「あ、そういえば」

今西は一つメモしていない話があったことを思い出す。

「別れ際に、晃輔さんが言ってたことなんですが……」

特に意味はないだろう思いながらも、晃輔が引き取ったという机について、今西は説明する。

するとそれを聞いた薫子は、おもむろに椅子から立ち上がった。

「音無さん……？」

首をかしげる今西に、薫子はにやりと笑みを浮かべる。

「……それよ」

目を輝かせ、製図ペンを握りしめる薫子に、月見里が微笑みかけた。

「『芯』が、見つかったようですね」

「ええ」

薫子は、ペン先を正面に突き出した。

「――最高の線(ライン)が、見えたわ」

10

待望のリノベーション工事が完了した大安吉日。薫子ら三人は、再び高部邸を訪れていた。

「お待ちしておりました」

玄関で一同を出迎えた高部――今日は妻と娘も一緒だ――が、待ちかねたように薫子たちを二階へと促す。

「ちょうど先ほど工事の方が帰られたところでして。私も出来上がりはまだ拝見しておりません」

期待と不安が入り交じった複雑な表情の高部。それもそのはず、彼は約束通り、あの部屋にどのようなリノベーションが施されたのか、一切知らされていなかった。

「前もってお話ししたように、プランがお気に召さなければ、一切料金はいただきませんので、どうぞご安心ください」

「……本当によろしいのですか？」

「はい、どうぞご遠慮なく」

余裕の笑みを浮かべる薫子と月見里。もしものことなど、まるで想定していないようだった。

「こちらです」

件の部屋の前で、高部が振り返る。

「今日はぜひ、高部さんからお入りください」

中へ入るのをためらい、一歩後ろに下がろうとする高部を引き留め、薫子がにこりと笑う。

「………はい」

しばし逡巡（しゅんじゅん）した高部だったが、覚悟を決め、再びドアに向き直った。

「……では、開けます」

ごくりと唾を飲む音が聞こえたと同時に、高部の手によってゆっくりとドアが開け放たれる。


——飛び込んできたのは、部屋一面を覆う「光」だった。


「こ、これは……」

驚きのあまり、その場で立ち尽くす高部。以前は暗闇に包まれていた小さな部屋——しかしいまは、空間全体が柔らかな光に包まれていた。

「なぜ、このような光が……」

外に面した壁には、開口部など一切存在しない。そればかりか、天井照明すら点いていない状態だ。高部が疑問に思うのも当然だった。

「秘密は——こちらです」

薫子は、正面を指さす。

「これは……っ」

そこには、全体が薄ぼんやりと光る壁があった。

「壁が光って……これは、一体」

戸惑う高部に、薫子は答えをはぐらかすように微笑む。

「そうあせらず、まずはこちらの家具からご説明させていただきますので」

薫子が反対側の壁を指さすと、それにつられるように、高部の視線が壁際に並ぶ大きな家具に留まる。

「造り付けの家具は、施工を担当してくださった職人さんにお願いして製作していただきました。ご提示いただいた予算内で充分収まっていますのでご安心ください」

「こんな立派な家具を、あの予算で……」

たっぷりの収納量を誇る扉式クローゼットと、壁に取り付けられた折りたたみ式のアイロン台。それぞれシンプルなつくりだが、細部の仕上げに至るまで丁寧に作られた造り付け家具に、高部は感嘆する。

「驚くのはまだ早いですよ」

薫子はにやりと笑う。

「――実は、これらの家具には、別の使い方もあるんです」

「え？」

高部はキョトンとした表情を浮かべる。

「月見里、今西」

「はい」

「は、はい」

薫子の指示で、男二人が作業を始める。

まずはクローゼットを開け、ジョイントに沿って四つ折りにした扉を内部に収める。

さらにハンガーパイプを取り外し、その代わりに、あらかじめ空けられたほぞ穴に合わせ、等間隔に棚板を取り付けた。

「薫子さん、持ってきましたよ」

月見里が外からキャスター付きの椅子を持ってくる。壁から突き出すアイロン台の前に、その椅子を配置すると――

「こうすれば、クローゼットは本棚に、アイロン台はデスクになります」

「！　まさか……」

あることに気付いた高部が声を上げる。

「はい」

薫子は部屋を見回し、告げる。

「この部屋は――立派な『書斎』としても使えます」

「っ！」

高部は目を見開き、やがてうつむきながらつぶやく。

「……この部屋を私が使うつもりはありません。理由はお話ししたと思いますが」

「ええ、承知しております」

薫子は、それでも、と付け加える。

「私は、この部屋を高部さんご自身に使っていただきたいと考えています」

「……なぜですか？」

眉をひそめながら尋ねる高部。

「これこそが、高部さんからご依頼いただいた『リノベーション』に対する、私の答えだからです」

薫子はにこりと笑い、告げる。

「――過去の憂いや、つまらない誤解を解消するための、ね」

「つまらない誤解、ですって……？」

ゆっくりと部屋の中を見回しながら、薫子は言葉を続ける。

「弟の晃輔さんに伺いましたが、高部さんとお父様が疎遠だったのは、あなたのほうがお父様を避けていたのが主な理由だそうですね」

「それは、あのときの恐怖で……」

以前も話した体験を口にしようとする高部に、

「――それだけでは、ありませんよね？」

薫子は、鋭い視線を向ける。


「高部さん、あなたは知っていたのではありませんか？　――あなたとご両親に血のつながりがないことを」


これ以上ないほど、目を見開く高部。

「ど、どうしてそれを……」

薫子は、図面の入ったバインダーを開きながら続ける。

「家を建てた当時。高部さんのお父様は、お子さんが一人だけのつもりでプランを依頼していました」

引き渡しの時に、子供が二人いることを知って驚いたという柏木建築士。既に二人の子供がいるのに、なぜわざわざ子供部屋を一つだけにしたのか、と。

「こうは考えられないでしょうか――家を建てる時点では、子供が一人しかいなかった、と」

薫子は一冊の雑誌を取り出し、高部に手渡す。

「こちらは、お父様がこの家を建てるきっかけとなった雑誌です。出版社に連絡して、当時の担当者を探してもらったのですが、残念ながら、ずっと前に事故で亡くなっていたそうです」

「……それが何か関係あるのですか？」

手渡された雑誌を開こうともせず、高部は俯きながらつぶやく。

「詳しく話を聞くと、その担当者が亡くなった時期というのは、ちょうどこの家を建てている時期と重なるそうです。――さらに、ただ一人残された当時五歳の息子さんを、親友だった仕事仲間が引き取った、とも」

「っ！」

ハッと顔を上げた高部と、薫子は正面から向き合う。

「その引き取られた息子さんというのは――高部さん、あなたのことです」

「………………」

無言で再び視線を落とす高部。薫子はゆっくりと室内を歩きながら話を続ける。

「当時、お腹の中にいた子供と三人で住む予定だった家に、新しく家族がもう一人加わった。しかし、既に家は建築途中で、プラン変更は不可能……」

「だからこんな不思議な状況が生まれたんですね」

納得した様子の月見里に、薫子はうなずきを返す。すると、

「……やめてくれ」

ぼそりと、高部は低いつぶやきを漏らす。

「もう、やめてください。古傷を暴いて抉って、何が楽しいんですか？」

「古傷？　どこがですか？」

心外だと言わんばかりの薫子に、興奮を強めた様子の高部が詰め寄る。

「そこまでご承知ならお分かりでしょう。唯一血のつながらない私は、ずっとこの家で厄介者だったんですよ」

「どうしてそう思うんです？　ご両親があなたに直接そうおっしゃったのですか？」

「言われなくても、それくらい分かりますよ。父も母も、私に対してはずっと腫れ物に触るような態度だったのですから」

吐き捨てるようにつぶやく高部。しかし、薫子はゆっくりと首を横に振る。

「いいえ。それは違います」

「……何が違うって言うんですか？」

「ご両親をそんな態度にさせたのは、他でもないあなたです。高部さんこそ、自分が実の子供でないことを気にして、無意識のうちにご両親と距離を取っていたのではありませんか？」

どれだけ愛情を注ごうとしても、当の本人がそんな態度では、上手く伝わるはずがない。薫子は強い口調で告げる。

「そ、そんなこと、どうしてあなたに分かるんですか！」

激昂する高部。部屋の入口では、彼の妻と娘が、何事かと室内を心配そうにのぞき込んでいた。

「――この家こそ、お父様があなたに惜しみない愛情を注いでいた証拠だからです」

そっと壁に手を添えながら、薫子はつぶやく。

「せっかくご自身のためにこだわって設計した書斎をあなたに譲った。それだけでもお分かりじゃないですか？」

「！」

「他にもあります」

再び高部へと向き直った薫子は、ゆっくりと語り出す。

「当時、家を建てるだけで精一杯だった中で、他人の子供を引き取るなんて、相当な覚悟が必要だったでしょう。事実、お父様はその後すぐに、収入が安定する仕事へと職を変えたくらいなのですから」

「え……？」

初めて聞く事実に、高部は驚いた表情を浮かべる。

「これをご覧ください」

薫子は柏木から借りたアルバムを高部に手渡す。

「この写真は、建築当時お父様が撮影されたものです。……どうです？　よく撮れているでしょう」

「は、はあ……」

次に薫子は、先ほど高部に手渡した雑誌を指さした。

「その雑誌には、この家を設計なさった柏木建築士の作品が収録されています。お父様はこの仕事に関わったことで、ご自宅を新築なさろうと思い立ったそうです」

受け取った雑誌を確認しながら、高部は首をかしげる。

「父は家を建てた後、転職したのでしょう？　この雑誌の仕事に関わっていたということは、以前から同じ出版社にいたことになりますが……」

その質問は予期していたと、薫子は答える。

「出版の仕事に携わっておられたのは事実です。しかし、以前のご職業は『営業職』ではなかったんです。雑誌を見て、何か気がつきませんか？」

「え？」

「特に、こちらのアルバムと見比べると――」

「……あっ！」

アルバムに収められた写真は、建築の特徴を良く捉えた素晴らしい出来だった――

とても、素人が撮影したとは思えないほどに。

「お父様は、元々カメラマンをしていらっしゃったのです。これがその証拠です」

薫子が指さした雑誌の一ページには、小さく『撮影：高部康明』と書かれていた。

「父が、カメラマンだった……」

呆然とつぶやきながら、ページをめくる高部。薫子は、さて、と言葉を一旦切り、あらためて口を開く。

「お父様がお怒りになったという、あの日のことを、もう一度よく思い出してみてください」


――照明も点けない真っ暗闇の中、小さな電球の薄暗い光だけで机に向かう父親。そして鼻をつく刺激臭。それらと、元・カメラマンという肩書き……、

「もしかして、父は……」

「はい。お父様はそのとき、暗室化した部屋の中で写真の現像を行っていたのです」

窓が一切なく、余計な光が外から入ってこない部屋は、暗室として使うのに都合が良い。康明が『窓のない部屋』に興味を示していたのは、こんな理由があったのだ。

「おそらく、刺激臭というのは写真の現像の際に使用する酢酸の臭いだったのでしょ

う。窓もない閉め切った部屋――相当鼻に付いたでしょうね」

　薫子はそう言いながら、眉をしかめる。

「し、しかし、私がドアを開けたことで現像中の写真が台無しになる恐れがあったというだけで、あれほど恐ろしい表情になるでしょうか」

　やはり父親は自分を厄介者扱いしていたのでは、と高部は反論する。

「――高部さん」

　薫子はふっと目元を緩め、小さく微笑む。

「もう、心を閉ざすのはやめにしませんか？」

「な、なにを……」

「確かに、この部屋を暗室として使っていたことや、怒った理由をしっかり説明しなかったお父様にも責任があったのかもしれません。でも、一度開いた扉を自ら閉ざし、二度と開けようとしなかったのは、他でもない高部さんご自身なんです」

「わ、私が……？」

「隣り合った部屋同士が固く扉を閉ざしていては、いつまで経っても暗闇は解消されません。この部屋に必要だったのは、やはり『光』だったんです」

「光……ですか？」

「今回のリノベーションの鍵は『光』。――その答えが、この壁です」

薫子は、デスクの向かい側で淡い光を放ち続ける壁の前へと移動する――いよいよ、種明かしの時間だ。

「実は、この壁。元々あった壁とは違うものなんです」

「え？」

驚き、光る壁を見やる高部。

「リノベーションに際して、壁を一旦すべて撤去し、半透明の素材に変更しました。この光は、隣室から注がれる太陽光が透過したものです」

大きく開口部が設けられている隣室、その余りある豊富な光を活用した形だ。ヤニで汚れた壁紙を新しく張り替えたことで、部屋に注がれた光を十二分に生かすことができる。この壁が、構造上取り除けるものだったことも幸いしていた。

「さらに、この壁にはもう一つの仕掛けがあります」

薫子が壁の端に手を掛ける。すると、
壁がスルスルと折りたたまれ――次の瞬間、空間に光が溢(あふ)れ出した。

「このように、二つの部屋を隔(へだ)てる間仕切りを取り払って、大きな一つの空間にすることもできます」

先ほどまでの薄明かりとは比較にならない、強い光。元々、隣室の窓が北西側に設置されていたため、光が奥まで届く強い西日が、直接この部屋まで注がれていた。

「こ、これは……」

閉ざされた空間が一挙に開け放たれ、一面の光に包まれながら、高部は呆然と立ち尽くす。

「外壁は強固で壊せなくても、内壁は見た目以上に簡単に取り払えるのです――家族という関係も、そういったものではないでしょうか」

外界から家人を守り、家全体を支える外壁と違い、内側の細かな間仕切りは構造上重要でないものが多い。薫子はそれが、家族の在り方にも当てはまるのだと語る。

「光が足りない部屋があるなら、他の部屋が光を分けてあげればいい。障害となるだけの壁なら――心を隔てる壁は、取り払ってしまえばいいんです」

「心を隔てる、壁……」

圧倒的な解放感があたりを包み込む中、高部は薫子の言葉を反芻する。

「つながることで、向き合うことで、初めて見えることもあります。それは、お父様の心も同じです」

薫子は反対側の壁へ歩み寄り、デスク代わりとなっているアイロン台の脇に立つ。

「こちらのデスクは、お父様が生前この書斎で使っていらっしゃった机の天板を、そのまま活用しています」

　今西の話を聞いた薫子は、すぐに晃輔へ連絡を取り、机を解体して天板を再利用する許可をとった。その目的は、もう一つある。

「お父様が、ご家族を愛していた証。奥様を亡くされた悲しみや、お一人でお子さんを立派に育て上げるご苦労を支え続けたものが、この机に残されていたんです」

　折りたたみ式になっていた天板が持ち上がる。その裏面に、

――無数の写真が貼り付けられた、大きなフォトフレームが出現した。


　無邪気に笑う幼い頃の高部や弟の晃輔、そして彼らを慈しむように優しい笑顔を浮かべる母親の姿。撮影者である父親の愛情がファインダー越しに伝わるような幸せ一杯の写真が、裏板を埋め尽くさんばかりに貼り付けられていた。

「お父様は生前、身の回りのものをほとんど処分してしまっていたそうですが、これら写真のネガだけは、鍵付きの引き出しに大切に保管されていたんです」

　机を解体したことで、長らく開かなかった引き出しが開放され、そこに収められていたネガが、たしかに存在した幸せな記憶を鮮烈に呼び起こす。

「あ、あぁ……」

目を見開き、言葉にならない声を上げた高部は、ゆっくりと天板に歩み寄る。妻と娘が無言で見守る中、彼は震える手を写真へと伸ばす。

「父、さん…………っ！」

思いをつなぐ絆の証は、溢れんばかりの光に照らされながら、いつまでも、きらきらと輝き続けていた……。

11

高部邸ですっかり長居してしまった薫子らは、日が沈む中、ゆっくりと帰路を進む。

「素敵なご家族でしたね」

写真で見た高部の母親と、どこか似た雰囲気を持つ高部の妻。まだ小さな娘も、最初は三人を少し警戒していたが、すぐに無邪気な表情を取り戻し、帰る間際には薫子にべったり懐いて離れないくらいだった。そして――

「高部さんが笑った顔、俺、初めて見たかもしれません」

Note 01_ 高部邸

解決案：造り付け家具、可動式半透過壁の設置

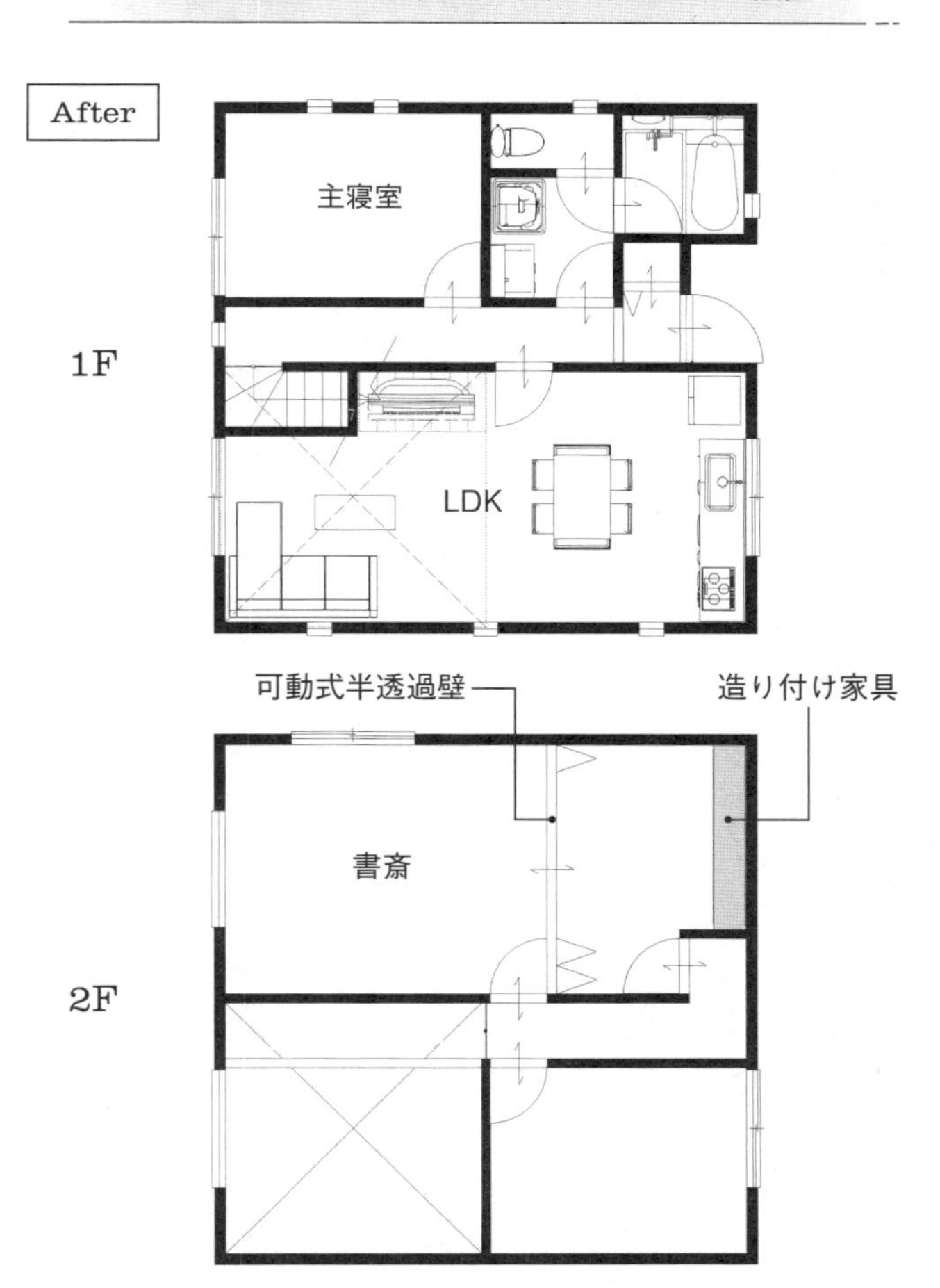

憑き物が落ちたような柔らかな笑顔で、その様子を眺める高部。彼の父親もさぞかし喜んでいるであろう幸せな空気が、あの家全体を包み込んでいた。

「いい写真もいただいたし、これでより一層、仕事に励めるわ」

帰りがけに玄関前で撮影した集合写真を眺めながら、薫子は満足げにうなずく。

「………………」

今西は前を歩く小さな背中を見つめながら、あの笑顔を生み出した彼女の手腕に、あらためて感嘆する。期待以上のプランに落とし込んだ設計センスはもちろん。ところどころで見せた鋭い観察眼と洞察力には、始終驚かされっぱなしであった。

「……そういえば」

ふと思い出し、今西は足を止める。

「ん？　どうかしたの？」

薫子が振り返る。

「インターン面接のときなんですが……」

今西に対し、薫子が口にしたこと。あのときはドタバタして結局聞きそびれてしまっていた。

「初めて会った俺について、どうしてあんな細かなことまで分かったんですか？」

薫子は、今西を指さす。

「まず気になったのは、その格好ね」

思わず自身の服装を見返す今西。偶然にも、初めてＥｎｎを訪れたときと同じものだった。

「一応、面接だからってジャケットと襟付きのシャツで来たのは褒めてあげるわ」

薫子は、でも、と続ける。

「その皺だらけのシャツは減点ね」

「あ」

今西は、言われて初めて気づく。

「クリーニングから戻ってきたばかりのジャケットに比べて、内側に着ていたシャツはあちこちに皺が目立つ……、おそらくこれまでは、アイロンを掛ける習慣がなかったのではないかしら？」

図星を指され、今西は思わず言葉に詰まる。いま着ているシャツも、洗濯して外に干しただけ。まったくアイロンなど掛けていない状態だった。

「……どうして、ジャケットがクリーニングから戻ってきたばかりだと？」

薫子は上着の裾を指さす。

「あのときハンガーに掛かっていたジャケットを見たら、ここにタックが残っていたのよ。もしかして、いまも付いたままかしら？」

今西が慌ててジャケットをめくると、洗濯表示タグの部分に、小さなクリーニングタックが付いたままになっていた。

「そのドレスシャツ、しっかりアイロンを掛けなきゃ格好が付かないデザインなんだけど……いままでは、他にアイロン掛けをしてくれていた子がいたのかしらね」

「っ」

さらに図星を突かれ、今西は言葉を失う。普段ほとんど着る機会がないこのジャケットとシャツは、『彼女』がプレゼントしてくれたものだった。

「それに、履歴書に書いてあった住所。あのマンションは、学生が一人に住むにしては広すぎるわ」

「そんなところまで……」

不動産仲介業の手伝いもしているという薫子。まさか、ここらにある物件の情報がすべて頭の中に入っているのだろうか、と今西は目を丸くする。

「一人で住むには広すぎる部屋。クリーニングから戻ってきたばかりのジャケット。アイロン掛けをする習慣がないのに持っている、ドレスシャツ――」

薫子は一旦言葉を切り、つまり、と告げる。

「かいがいしくアイロン掛けをしてくれていた、同棲中の彼女に出て行かれたばかり――そう思ったのよ」

「…………」

今西は目を丸くする。言葉が出ない、とはまさにこのことだった。

「それなりの給料が必要っていうから、どんな子が来るのかと思ってたけど、出て行った彼女に未練があって高い家賃を払い続けているなんて可愛いものじゃない。私はそんな女々しさも嫌いじゃないわよ」

からからと笑う薫子に、今西はいたたまれない気持ちになる。

「……ん？」

今西はあることに気付く。

「どうして俺がお金を必要としていることを、前もって知っていたんですか？」

「あ」

薫子はしまったという表情を浮かべる。

「別に、お話ししてしまってもよろしいのでは？」

微笑む月見里に、薫子はバツの悪そうな表情で口を開く。

「――実は、伊豆野さんから頼まれてたのよ」

「え？」

「去年までは熱心に講義を聴いていた教え子が、四月になってからめっきり顔を出さなくなってしまった。どうやらお金が必要でバイト三昧らしいので、そちらで働かせてやれないか……ってね」

「な……っ」

ちょうど手伝いが欲しかったという薫子は、渡りに船と伊豆野の申し出を快諾。すぐに面接にやってくるよう言伝したというわけだった。

「伊豆野さん残念がっていたわよ。いまどき珍しいくらい真面目に授業を聞いてくれる数少ない学生だったのに、って」

「………」

バイトのためなどと言い訳してはいたが、今西が大学に行かなくなったのは——建築に対する情熱を見失っていたのが、本当の理由だった。

建築士を志し、大学へ入り、毎日必死に講義を聴く日々。人気の建築アトリエへインターンにも通った。そんな毎日が続く中で、少しずつ、理想と現実の乖離にジレンマを感じるようになっていたのだ。

——でも、

「ちゃんと伊豆野さんにお礼を言っておきなさいよ」

軽い足取りで歩く薫子を、今西はじっと見つめる。

依頼人が出す要望を一切聞き入れず、彼らのプライベートな部分までずかずかと踏み込む薫子。しかし、そんな彼女の『リノベーション』は、依頼人自身も気付かなかった真実を導き出し、彼らにとって最良の道を作り出す――。

一見、自分勝手で、我が儘放題に思える振る舞いだが、彼女が生み出す設計図(プラン)は、依頼人――住み手に対する思いやりに満ちあふれたものだった。

「そう、ですね……」

薫子の仕事を間近で体験し、今西は思い出したことが一つある。

それは幼い頃、物件チラシを眺めながら、「この家には、一体どんな人が住むのだろう?」と胸を躍(おど)らせた記憶。見よう見まねでペンを取り、見知らぬ誰かのために理想のプランを考えたときの、ワクワクした感覚――。

「……俺、明日からはちゃんと大学に行くようにします」

今西は、ぽつりとつぶやく。

「ん、それがいいわ」

すっと視線を上げる薫子。つられるように今西と月見里も宙を見やる。

――美しい夕焼けに包まれた空は、内なる熱で真っ赤に燃えているように見えた。

Note 02 ▼ モテないオンナと捨てられない男

1

「『自然は曲線を創り、人間は直線を創る』――とある物理学者の言葉だ」

製図板が整然と並ぶ室内に、こつ、こつと革靴の音が響く。

「自然界を構成するのは、すべて曲線。直線は人間が作り出した概念に過ぎない」

端の席に座っていても聞き取りやすい、熟達した朗読者を思わせる声色。この声を聞くためだけに講義に潜り込んでいる他学科の女子がいる……そんな噂がまことしやかにささやかれる、伊豆野の語り口。だが、この時ばかりは少し事情が違った。

「多種多様な曲線によって構成される自然界を、認識、管理しやすい形に単純化したもの。それが直線の正体だ」

製図板に齧り付き、与えられた課題と必死に格闘中の学生たち。すぐ横を伊豆野が通っても、ちらと顔を上げることもしない。

そんな学生らを気にした様子もなく、淡々と講義を続けていた伊豆野が、

「人間は、線を引くために様々な道具を発明した。例えば、この定規がそうだ」

おもむろに、傍らの学生が持つ定規をスッと取り上げた。突然のことに、その学生

は空手を宙に留めたまま、歩き去る伊豆野の背中を呆然と見つめる。

「道具はさらに進化し、いまではＣＡＤによる製図が当たり前となった。一見、どんな線でも自在に作り出せるように思えるこれらのツールだが……。生み出される線の種類は君らが思っているよりも、ずっと少ない」

壇上(だんじょう)に上がった伊豆野は、黒板に大きな四角を描いた。チョークが勢いよくぶつかる甲高い音に、作業中であった他の学生らも一斉に顔を上げる。

「君たちはこの図形を、ＣＡＤや定規で再現できるかな？　いびつな線で構成された――私自身ですら二度と同じものが描けない、この四角形らしき線を」

しんと静まりかえる室内。たっぷり間をおいてから、伊豆野は再び口を開く。

「今回の『フリーハンド製図』を通じて、君たちには定規やＣＡＤでは生み出せない線を体験し、設計とはかくあるべし、といった固定観念を取り払ってもらいたい」

自身に集まる視線、そのひとつひとつに伊豆野は目を向ける。

「確かに面倒な作業だろう。将来なんの役に立つのかと疑問に思う気持ちも分かる。それでもどうか私の意を汲み、その手で線を引いてみてもらえないだろうか」

定規を置くカチャンという音が室内で合唱する。伊豆野は満足げにうなずいた。

「この世の中は無限の『線』に満ちている。君たちが、自分自身の線を見つけ出せるよう、祈っているよ」

2

「よう」

講義を終えた伊豆野と入れ替わるようにやってきた松永亮(まつながりょう)が、製図板を片付けていた今西(いまにし)を発見し、駆け寄る。

「……久しぶり。相変わらずサボりか？」

「今日はたまたまだ。ちとバイトでヘルプを頼まれてな」

今西は一枚の紙を差し出す。

「今回の課題。フリーハンド製図だから、時間がかかるぞ」

「げ」

課題要項に目を通すと、松永は縋(すが)るような視線を今西に向けた。

「……頼めるか？」

「またか」

「お前のことだから、自分のぶんはもう終わってるんだろ？　俺のはテキトーでいいからさ」

「いや、これは……」

図面を放り込んだケースをちらと見やり、今西は言葉を濁す。

「――それ、提出するつもりがないなら、彼にあげればいいじゃない」

背後からふいに投げかけられた言葉に驚く今西。振り向くと、彼とおなじ図面ケースを肩に提げた背の高い女子が、すぐ後ろに立っていた。

「れ、伶……」

同じクラスの喜多村伶だった。彼女は今西が持つ図面ケースを指さし、つぶやく。

「あなたの場合、下手に手を加えるより、新しく描きなおしたほうが早いと思うわ」

それだけ、と告げ、伶は足早に製図室を去る。

「あ……」

呆けた声をあげ、今西は彼女が去った出入口をじっと見つめ続ける。

「女々しいのは男ばかりなり、ってな」

意地の悪い笑みを浮かべる松永。今西は憮然とした表情で踵を返す。

「……課題は自力でやるんだな」

「ちょ、冗談だって。そう怒るなよ、な？」

松永は慌てた様子で、彼に追い縋る。

「はぁ……」

必死に機嫌をとろうとする松永に呆れながら、今西は再び視線を出入口に向ける。

そこには、昼食の話題で盛り上がるカップルの姿しかなかった。

3

「あら、いらっしゃい」

喫茶・Ｅｎｎにやってきた今西を、カウンターの奥にいた店長が出迎えた。

「これから事務所？」

「予定よりも早く来てしまったので、先に昼食でもと思って」

「サンドイッチセットでいい？」

「お願いします」

カウンターに腰掛けた今西は、ふぅと小さく息をはく。

「珍しいですね、店長が店に立っているなんて」

「もぉ、チュンちゃんったら。アタシのことは『ママ』って呼んで、ね？」

軽く頬を膨らませる店長――ユカリママに、今西は苦笑する。

「店長こそ、その呼び方はやめてくださいって」

「ふふっ、チュンちゃんが『ママ』って呼んでくれたら、考えてもいいわよ」

ユカリママは、小さなクッキーが数枚載った小皿をカウンターの上に置く。

「これは？」

「アタシからのサービスよ。これでも食べて元気出しなさいな」

そう言ってウインクするユカリママに、今西は一瞬言葉を失う。

「……いただきます」

おそるおそるハート型のクッキーを手に取り、勢い良く口に放る。サクッという音と共に広がる強めな甘さに、今西の強張っていた頬が緩む。

「サンドイッチとコーヒー、おまたせ」

ユカリママは片手に大きなトレイを載せ、今西の眼前に掲げた。

「……多くないですか？」

一人では食べきれそうにない量に、今西は目を丸くする。

「ちょうどハジメちゃんから、カヲルコちゃんの朝食を頼まれていたのよ」

「ああ、月見里さんの注文も入ってるんですね」

「ついでだから一緒に持っていってもらえる？」

「いいですよ」

ずしりと重いトレイを、今西はしっかりと両手で受け取る。

「もうすぐアタシが紹介した依頼人が来るから、急いで食べてって伝えてね」

「依頼人……？　分かりました」

曖昧にうなずきつつ、今西は席を立つ。

「あ、それと」

店の裏口から事務所へ向かおうとする彼の背中に、再びユカリママが声をかける。

「――いまならたぶん、面白いモノが見られるわよ」

意味深な笑みを浮かべるユカリママに、今西は大きく首をかしげた。

4

「おや、今西君。今日は随分と早いですね」

事務所にやってきた今西が目にしたのは、洗濯カゴを抱えた月見里の姿だった。

「……おはようございます」

入口でしばし固まっていた今西は、とりあえずと挨拶を返す。

「すみません。まだ片づけが終わっていませんで」

山盛りの洗濯カゴを持ったまま、月見里は床に散らばる図面をひょいひょいと器用に拾っていく。どんな格好でもイケメンは画になるな、と今西はつい感心する。

「て、手伝いますよ」

図面は床のあちこちに散らばっていた。トレイを手近なキャビネットに置いた今西は、足元に落ちた一枚を拾い上げ——そこに描かれていたものへ、視線を落とす。

「……収納？」

建築のプラン図ではなく、家具の設計図。縦横四十センチメートルほどの、仕切りもないシンプルな箱型収納がそこには描かれていた。

ネジで組み立てるごく単純なつくりだが、ネジ山が表に出ないよう細部に工夫が施されている。いかにも薫子らしい、と今西は感じた。

「もしや、朝食を持ってきてくださったのですか？」

月見里の声で、今西は意識を図面からもどす。

「え、ええ。俺も昼がまだだったので、店長が一緒に食べろって……」

「なるほど。では、こちらは僕の仕事ですので、今西君は向こうのテーブルにトレイを運んでもらえますか？」

すでに残りの図面を回収し終えていた月見里は、製図板の周囲に積み上げられた本を一抱えにし、リズミカルな動作で本棚へと収納していく。その手際の良さに呆気にとられながら、今西は戸惑いを口にする。

「月見里さんの仕事、ですか？」

「ええ。僕は薫子さんの『助手』ですから」

三角巾にエプロンという出で立ちで微笑む月見里。今西は「助手とはなんぞや」と、その定義に疑問を覚える。

「……そういえば、音無さんは？」

「薫子さんでしたら、ほら、あちらに」

月見里はにこりと笑い、テーブルの向こうを指さす。

「？」

今西が視線を向けると、応接用の大きなソファの上に、奇妙な物体が鎮座する光景が目に飛び込んできた。


「…………んぁ」


毛布の塊がもぞもぞと動き出したかと思うと、中からぴょこっと見慣れた人物の顔が──見慣れない表情で飛び出す。

事務所の代表にして凄腕の建築士……にはとても見えない、音無薫子の姿だった。

「んぅ……」

見るからに寝起きといったあどけない顔つきで、薫子は開いているのか分からない瞳をぼんやりと宙に向ける。

「お、音無さん……？」

いつものハキハキとした勝ち気なイメージとのあまりのギャップに、今西が戸惑いの色を濃くするなか、片づけを終えた月見里がやってくる。

「薫子さんは、この事務所に寝泊まりしているんですよ」

「ああ、なるほど……って、え？」

毛布を頭に被ったまま、やや子供っぽいパジャマ姿でちょこんとソファに座る薫子を、今西はまじまじと見つめる。

「この通り、ユカリママの淹れたコーヒーを飲むまでは目が覚めませんで」

そう言って、月見里はサーバーからコーヒーをカップに注ぐと、薫子の眼前にスッと差し出す。

「はい、薫子さん。いつものコーヒーですよ」

「んー」

目の前に出されたカップを両手で受け取り、水飲み鳥のようにゆっくりと口をつける薫子。くぴくぴとかすかに喉が動き、その瞳にわずかな光が灯る。

「……ありがと、やまなし」

いまだ霞がかった瞳を、正面に座る今西へ向けたまま、薫子はつぶやく。

「いえいえ。でも、薫子さん。そちらは僕ではなく、今西君ですよ」

「？」

苦笑する月見里の言葉に、小さく首をかしげる薫子。徐々に、その瞳が眼前の人物を認識しだす。

「…………チュン？」

「は、はぁ……、おはようございます」

戸惑いの色を濃くしたまま小さく頭を下げる今西。そこでようやく今西の存在を認識した薫子が、瞳を大きく見開く。

「な、なんで、チュンが……っ」

あわあわと視線をさまよわせる薫子に、月見里が涼しげな顔で声をかける。

「いつもより早くいらっしゃったそうで、薫子さんの朝食を持ってきてくださったんですよ」

「そ、そうなの？　ありがと……って、月見里っ、なんで起こしてくれないのよ！」

「もう薫子さん、起きていらしたじゃありませんか」

「そうじゃなくて、もう少し、その、なんというか、ちゃんとした準備が……」

おろおろと両手をさまよわせる薫子に、月見里は「ああ、なるほど」と大きくうなずく。

「事務所の代表として、こういった姿は隠しておきたかったのでしたか。いやぁ、うっかり失念しておりました」

「な……っ」

わなわなと身体を震わせる薫子。悪びれもせず、楽しげに笑う月見里。

「ははは……」

初めて見る二人の姿に、驚きを通り越し、乾いた笑みを浮かべる今西。

依頼人がまもなくやってくることを彼が思い出したのは、トレイに置かれたままのコーヒーからすっかり湯気がなくなってからのことだった。

5

「――はじめまして。音無建築事務所代表、音無薫子と申します」

時間どおりＥｎｎへやってきた依頼人たちを、薫子がテーブルで出迎える。いつもの出で立ちで涼やかに微笑む姿に、つい先ほどまで混乱の極みにあった面影は、微塵もない。

「十分足らずでしっかり身支度して、朝食まで平らげてしまうとは……」

「ははは、僕としてはもう少しゆとりを持っていただきたいのですが」

カウンターの奥からそんな光景を眺めつつ、今西と月見里は苦笑する。ユカリママは二人に店番を任せ、どこかに出かけてしまっていた。

「依頼人はカップル……ですかね」

「婚約指輪をしていらっしゃるので、結婚を間近に控えて新居に引っ越す予定のお二人、といったところでしょうか」

「指輪？」

二人の手元に揃いの指輪を見てとった今西は、感嘆の息を吐く。

「音無さんや店長といい……、ここの皆さんは千里眼かなにかですか」

「僕はそんな大それたものではありませんよ。今西君もここで働いていれば、おのずと身につきます」

「にわかには信じがたいですね……」

今西はテーブルに視線をもどし、意識を集中させる。

「――式は来年の予定なんすよ」

「おめでとうございます。お引っ越しの予定はいつごろに？」

「契約はもう済ませてるんで、なるべく早いほうがいい……よな？」

「……ええ、そうですね」

　薫子と会話しているのは主に彼氏のほう。彼女はその隣で物静かに微笑みながら、時折短い相づちを返すといった具合だ。――控えめな彼女を、彼氏が男らしく引っ張っている。そんな関係性を、今西は想像した。

「……なんか、両極端な印象の二人ですね」

「そうですね。身に着けている物も、随分と対照的ですし」

「身に着けている物？」

「彼女さんのお召し物は、日本では手に入りにくい高級ブランドのものです。バッグやアクセサリーの類もかなり上質なものですね」

　女性服のブランドに疎い今西だが、あらためて見ると清楚さの中にどこか気品のようなものを感じた。対して、彼氏が身に着けているのは、よく見かけるカジュアル衣料チェーンのもの。アクセサリーの類も一切なかった。

　外見や仕草に意識を集中させると、肝心の会話が頭に入らない。そんなジレンマに今西が悩んでいると、

「――それで、お願いしたい物件なんすけど」

「狩生さんからうかがっています。『ＤＩＹ型賃貸』でしたよね？」

聞き慣れない単語に、今西は首をかしげる。

「ＤＩＹ型賃貸って、なんですか？」

ヤカンを火にかけながら、月見里は口を開く。

「分譲物件のように内装に手を加えることができる賃貸物件のことですね」

通常、賃貸物件は借り主によるリフォームが禁止されている。できたとしても、手を加えた箇所を退去時に元通りにする『原状回復』の義務が課せられているものがほとんどだ。それに対し、『ＤＩＹ型賃貸』は借り主が原状回復の義務を負うことなく、自由にリフォームができるタイプの物件である。

月見里の説明を聞き、今西は疑問を口にする。

「それって、貸し手側には何かメリットがあるんですか？」

「自由に手が加えられる賃貸物件というのは、それだけで他の物件と差別化ができますからね。不動産の供給過剰と言われて久しい昨今、オーナー側も色々と工夫が求められているのですよ」

「はぁ、なるほど」

「他にも、リフォーム費用を借り手に負担させることで、修繕コストを安く済ませるケースもありますが……」

　そう言って、月見里はテーブルを見やる。

「――そうなんすよ。オーナーさんが費用はこちらで出すから好きにやってかまわないって。なあ？」

「……ええ。その条件というのが……」

「私が設計を担当すること、ですか。……まったく、ユカリママったら」

「ユカリママ？」

「ああ、狩生さんのことです。あの人からは、他になにか？」

「うーん、特になかったと思うっす。……なあ？」

「はい」

　ヤカンのお湯が沸騰しているのに気付いた今西は、慌ててコンロの火を消しながら月見里に尋ねる。

「依頼物件って、店長自身の持ち物なんですか？」

　月見里は今西に礼を言うと、ヤカンのお湯をポットに移し替えながらうなずく。

「ええ。あの方はご自身でも数多く物件を所有しておられますから」

「へぇ……」

「どれも優良物件ばかりですので、今回も短期的なコストメリットはそれほど気にしていらっしゃらないかもしれません」

「だから、あんな気前のいい条件を提示してくれてるんですね」

「……まあ、ＤＩＹ型の物件をすすめたのは、なにか別の理由があるのでしょうが」

「え？」

月見里のつぶやきが気になりつつも、今西は再度テーブルへと目を向ける。ヒアリングは、具体的なプランに対する要望へと移っていた。


「――収納、ですか」

「見ての通り、彼女はすっげえオシャレなんすよ。いっしょに出かける度に服装やらバッグやらが違うんで、いつもビックリするんすけど。なあ？」

「……ええ、まあ」

「では、彼女のために充分なスペースのクローゼットを、と？」

「その通りっす」

時折彼女に確認を取りながら、収納に関する注文をあれこれと口にする彼氏。その熱心な様子を、今西は感心しつつ眺めていた。

「やっぱり『収納』って大事なんですね」

「家の中でも、特にプライベートな部分ですからね。誰でも収納の中は他人に見られたくないものでしょう？」

手挽(てび)きのミルに豆を入れながら、月見里はつぶやく。

「持ち物は、個人の性格や暮らしを映し出す鏡。収納の有り様も、それによって変わってくるのですよ」

そう言って微笑みながら、ドリッパーの準備を始める月見里。テーブルでは打ち合わせを終えた面々が立ち上がっていた。

「今西君、そちらに薫子さんのカップがありますので、温めていただけますか？」

今西は指定されたカップを手に取ると、ヤカンに残ったお湯を入れる。

「――月見里ー、甘いお菓子と濃いコーヒー淹れてー」

依頼人の二人を見送った薫子が、大きく伸びをしながらカウンターに座る。

「お疲れ様です。そう思ってご用意しておきました」

クッキーを数種見繕った皿と共に、月見里は淹れたてのコーヒーカップを薫子に差し出す。その見計らったようなタイミングの良さに、言われるまま彼を手伝っていた今西が密かに唖然とする。

「ありがと」

早速クッキーを一枚頬張った薫子の表情が、ふにゃりと緩む。

「ふわぁ、あまーい」

以前は目にできなかった、気を許したような仕草に、今西の心が小さく弾む。

「それで、ヒアリングのほうはどうなりましたか？」

「んー、まだ肝心の物件自体を確認したわけじゃないから、なんとも言えないわね。それに……」

「何か気になることでもあったんですか？」

思案顔の薫子に、今西が声を掛ける。

「ママがあの二人に『ＤＩＹ型賃貸』をすすめたっていうのが、ね」

「ですよねぇ」

苦笑しながらうなずく月見里。

「そんなに気になるなら、店長に直接確認すればいいんじゃないですか？」

今西が軽くそう尋ねると、薫子は小さく首を横に振る。

「それは最後の手段にとっておくわ。ママがあらかじめ私に話さなかったってことは、そこにも意味があるのかもしれないし」

「……一体、店長って何者なんですか？」

薫子は「見ての通りよ」と苦笑し、大きく息を吐く。

「まあ、今回は『リフォーム』の依頼だってことだし、あまり気にしすぎても仕方ないかも――」

ちりんちりん

静まりかえった店内に、ドアベルの音が響く。三人が目を向けると、先ほど別れたはずのカップルの一人――彼氏の姿がそこにはあった。

「どうしました？　何か忘れ物でも？」

近くにいた月見里の問いに、彼氏はバツの悪そうな表情で口を開く。

「あ、あの……、折り入って相談したいことがあるんすけど……」

「なんでしょうか？」

薫子が手に持ったままだったコーヒーカップを置き、尋ねると、

「なるべく早い内に、一度オレの家に来てもらいたいんす。……彼女には内緒で」

「え？」

意外な発言に、今西は思わず声を上げる。

「……分かりました。ご都合のよろしい日はありますか？」

「え、ええと……じゃあ」

訳知り顔でうなずいた薫子は、その場で具体的な訪問日時を決める。

「よろしく、お願いします」

ぺこりと頭を下げ、彼氏が再度店を後にする。

「……彼女に内緒の相談って、一体なんでしょう？」

「さあ？　でも……」

薫子は彼が去ったドアを見つめ、つぶやく。

「——今回の依頼。どうやら『リノベーション』になったみたいね」


そのとき、スマホの着信音が鳴り響いた。

「……やっぱり、ね」

ディスプレイを見た薫子は、そのままスピーカーモードに切り替えたスマホをカウンターの上に置く。

『もしもし』

スマホから聞こえてきたのは、依頼人カップルのもう一人——彼女の声だった。

「はい、音無です。——彼氏に内緒のご相談、でしょうか」

薫子の唐突な切り返しに、スマホの向こうで彼女が息を呑む。

『はい』

やがて、若干後ろめたそうな調子で彼女は告げた。

『——一度、私の家に来ていただけませんか？』

6

数日後。薫子は今西を連れて、依頼人の一人——川元佑一（かわもとゆういち）のマンションを訪れた。

「わざわざ来てもらって、申し訳ないっす」

二人をジャージ姿で出迎えた川元は、「あ、スリッパ……」とつぶやき、慌ただしい様子で再び奥へ引っ込む。

「ん？」

玄関に取り残された今西は、ふと足元に並べられた靴に目を向ける。そこには、スニーカーや革靴、サンダルなど、様々な靴が十足以上並んでいた。

「友達でも来てるんですかね？」

「いいえ。これは全部、川元さんの靴よ。サイズが一緒だし……ほら」

薫子は並べられた一足一足を指さす。

「どの靴も内側が特にすり減っているし、かかとに踏み跡が残ってるわ。これは川元さんが歩くときの癖なのでしょうね」

言われて初めて気がついた今西は、あらためて薫子の観察眼に感服する。

「お待たせしてすみませんっす！　なかなかスリッパが見つからなくて」

戻ってきた川元は、未使用らしきスリッパを袋から取り出し、一つ一つタグを取りながら二人の前に並べた。

「お邪魔します」

ピンク色のスリッパに足を通した薫子に続いて、三和土（たたき）を上がった今西は、段ボールがそこかしこに並べられた廊下を奥へと進み、リビングらしき部屋に通された。

「どうぞ、汚い部屋で申し訳ないっすけど」

部屋に入ろうとした二人の足が、ぴたりと止まる。

――十畳ほどのリビングは、壁も床も、様々な『モノ』で溢れかえっていた。

「……お邪魔します」

一瞬唖然とした表情をすぐ元に戻し、薫子はリビングへと足を踏み入れる。モノで溢れた床を進み、中央に置かれたソファに今西と共に腰を下ろした。

「本当に申し訳ないっす。これでも少しは片付けたんすけど」

川元が苦笑しながらカップを三つ運んでくる。有名コーヒーショップのロゴが入ったマグカップに紅茶用のカップ&ソーサー、寿司屋でよく見かける漢字入りの湯呑みと、テーブルに置かれたカップはどれもバラバラだった。

「ずいぶんとモノがたくさんあるお部屋ですね」

周囲をぐるりと見回しながら薫子はつぶやく。

大きなメタルラックには、プラモデルやフィギュア、ボトルキャップなどが並べられ、壁には映画のポスターや額に入った現代アート風の絵画、コルクボードには川元自身が撮影したものらしき写真が貼られている。部屋の隅には半透明の収納ケースが積まれており、中からはクレーンゲームの景品らしきぬいぐるみが見てとれる。

「気になったモノがあると、ついつい手を出したくなるタチでして……」

苦笑しながら頭を掻く川元に、薫子は壁際に視線を送ったまま疑問を投げかける。

「大事なコレクション、というわけではないようですね」

「え？」

川元に向き直った薫子は、確信を持った表情で告げた。

「不要になったものでも処分ができない――川元さんは『捨てる』ことが苦手でいらっしゃるのではありませんか？」

「ど、どうして分かったんすか⁉」

突然の指摘に、川元は目を丸くする。

「コレクターにしては、それぞれのモノの扱いがぞんざいすぎます。ラックの飾り方も無造作に置いてあるだけに見えますし……」

薫子はそれぞれに視線を向けながら言葉を続ける。

「ポスターには画鋲の穴やテープの跡が多数。コルクボードの写真は多すぎて一枚一枚が見えなくなっています」

周囲のモノはどれもディスプレイされたコレクションというよりも、置き場所に困ってひとまず並べただけ、という印象だった。

「あちらに積んである、飾りきれないモノを収納するケースが、おそらく他にも沢山あるのでしょう。頻繁に出し入れしている痕跡も見受けられませんので、ディスプレイを定期的に入れ替えているわけでもない。単に、不要になっただけでしょうね」

ぬいぐるみが入った収納ケースは詰め込みすぎで若干膨れ上がっており、一度フタを開けたらたちまち中のモノが溢れ出すことは明白だ。とても大切なコレクションを保管しているようには見えない。

「……お恥ずかしい話っすけど、昔っからどうも『捨てる』ってのが苦手でして」

一通り楽しんだり、買ったことで満足して不要になったモノも、いつか必要になるときがくるかもしれないと思うと、どうしても潔く捨てることに踏み切れない――そう、川元は語った。押し入れの奥には壊れた家電製品や昔の雑誌などが詰め込まれており、中には元カノとの思い出の品まで捨てられずにとっておいてある、と。

「まさかオレがこんなにモノ持ちだとは、彼女も思ってないっすから、部屋に呼んだことは一度もないんすよ」

これだけのモノを隠すのは流石に無理っすから、と川元は苦笑する。

「Ｅｎｎでは『彼女のために多くの収納を』とのことでしたが、ご相談とはその件についてですね」

「……おっしゃる通りっす」

川元の相談内容とは、彼女に内緒で自分専用の「隠し収納」を作ってくれないかというものだった。

「飾り棚とかは必要ないんす。とにかく大量の『モノ』を彼女から隠せる、オレだけの収納が欲しいんです」

「トランクルームを別に借りるのでは、駄目なんですか?」

二人の会話に耳を傾けていた今西が疑問を口にするが、薫子は首を横に振った。

「単純にモノを収納する場所さえ確保できればいい、というわけではないのよ」

どういう意味だろうと首をかしげる今西。薫子は言葉を続ける。

「『収納』っていうのは不思議なものでね。モノの量は、収納量に比例して増えていくものなの」

モノの数や量が収納スペースの広さを決めるのではなく、収納スペースに合わせて人はモノを増やしていく傾向がある――そう、薫子は語る。

「どれだけたっぷりの収納を用意しても、『空白』が存在すれば、人は無意識に埋めようとモノを増やしていってしまうのよ」

逆に、あえて収納スペースを少なくしておけば、自然とモノが減っていくケースもあると、薫子は付け加えた。

「おそらく川元さんは、限られた量の収納スペースを用意することで、これ以上モノが増えないように矯正しようとしているのではないかしら」

「自分が捨てられないから、収納に制限をかけてしまおう、ということですか?」

「捨てられない、というだけじゃないわね……」

今西の疑問に、薫子は一瞬考え込んだ仕草を見せた後、ぼそりとつぶやいた。

「『選択』や『決断』といった行為全般が、苦手なのかもしれないわ」

川元は驚いた表情を浮かべる。

「……ご推察の通り、オレはどうしようもない『優柔不断』なんすよ」

買い物の際も、候補が複数あると一つに絞ることができず、結局すべて買ってしまうなんてこともあるのだという。

「本当のご相談は、ご自身の性格を直す——矯正するようなリノベーションを、という意味でよろしいのですね」

「…………はい」

神妙な顔つきで川元はうなずく。

「…………」

しばしの沈黙がリビングを包み込んだ後、薫子が口を開いた。

「——分かりました。お二人にピッタリのプランを創ってご覧に入れましょう」

「あ、ありがとうございます……っす！」

声を弾ませた川元に、緊張していた空気が弛緩する。

「では、本日はこれで。コーヒーごちそうさまでした」

席を立つ二人を玄関まで見送った川元は、ぽつりとつぶやく。

「……彼女の前では、頼れる男でいたいんす」

深々と頭を下げ、川元はひときわ強い声をあげた。

「――どうか、この『捨てられない』情けない男を、なんとかしてください」

7

二日後。薫子と今西は、もう一人の依頼者――井上有希（いのうえゆうき）の元へ向かっていた。

「……随分とややこしい依頼になりましたね」

川元からの相談を思い返しながら、今西は頭をひねる。

「リノベーションで性格を変える、なんてできるものなんですか？」

「まあ、無理ね」

あっけらかんとそう言い放つ薫子。今西は思わず、「え？」と固まってしまう。

「人間の性格なんて、そう簡単に変わるものじゃないわ。ましてや建築でそれを矯正しようなんて、無茶もいいところよ」

「でも、川元さんの依頼は……」

「そう焦らないの。建築そのもので変えることはできなくても、変わる手伝いくらいならできるんじゃない？」

「変わる手伝い、ですか？」

「住み手自身に『変わりたい』って意志があれば、それが実現しやすいような環境を作ることはできるわ」

建築ができるのは、あくまで手伝い程度だと薫子は語る。

「じゃあ、今回は川元さんの希望通り、隠し収納を作るんですか？」

真剣な表情で頭を下げる川元の姿を思いかえし、今西は尋ねる。

「いいえ、おそらく私の予想が正しければ……」

何か言葉を続けようとした薫子だったが、

「――わざわざご足労いただきありがとうございます」

出迎えに来ていた有希が、二人の元に駆け寄りぺこりと頭を下げる。部屋着らしきその格好は、地味とも言えるほどシンプルな装いだ。

「……こちらが、お住まいですか？」

「はい。この二階です」

そこに建っていたのは、築数十年になろうという木造二階建てのアパートだった。

「さあ、どうぞ」

有希に促(うなが)され、呆然としたままだった今西は薫子に遅れて階段を上がる。

「……やっぱり、ね」

ぼそりとつぶやく薫子。

「何がですか？」

「すぐに分かるわよ」

薫子はスタスタと階段を上がり、玄関ドアの前で待つ有希の元へ向かう。

「こちらです。どうぞお上がりください」

「お邪魔します」

一礼して中へと入る薫子。今西も続いて足を踏み入れるが、

「なっ……!?」

部屋を覗いた途端、今西の足が思わず止まる。つい二日前も体験した感覚だが、理由は以前とまったくの逆だった。

「モノが……ない？」

——その部屋には、家具やモノの類が一切置かれていなかった。

「驚かれるのも無理ありません」

フローリングの床へ直に座る二人に、有希は苦笑しながら、ペットボトルのお茶を差し出す。

「……やはり、そういうことでしたか」

蓋が閉まったままのペットボトルを手で弄びながら、薫子は妙に納得したようにうなずく。

「その様子ですと、ある程度ご存じだったみたいですね」

有希は感心した様子で目を丸くする。

「ここまで徹底しているとは思っていませんでしたが、あの時身に着けていらっしゃったものが『レンタル品』であることは分かっておりましたので」

「レンタル品？」

意外な単語が飛び出し、今西は思わず聞き返す。

「洋服やアクセサリーなんかを、個人でレンタルできるサービスがあるのよ」

月に一定の料金を払えば、高級ブランド品を自由にレンタルできる――そういったサービスが存在するのだと薫子が説明する。

「なぜレンタル品だとお分かりに？」

「あの時着ていらしたニット。わずかですがサイズが合ってないように見受けられました。おそらくネットでのサイズ指定と実物が若干異なっていたのでしょう」

ハイゲージのVネックニットは、少し大きめのサイズを選ぶのがコツなので難しいんですよね、と薫子は笑う。

「服とバッグ、アクセサリーの組み合わせも、若干ちぐはぐに感じられました。それぞれは井上さんの容姿や体型によくお似合いの、非常にセンス良いものをお選びになっていますので、こちらは別々のレンタルサービスを利用したために最適なセットが揃わなかったのでしょうね」

「……すごいわね」

有希は、ほう、と息を吐く。

「決め手は、使っていらっしゃる化粧品です。元々のお顔立ちが良いからか、比較的リーズナブルな化粧品でも充分整っておりましたが、あれだけのお召し物を揃えていらっしゃると仮定すると、ややアンバランスかと」

「……はぁ、同じ女性には、やっぱり気付かれちゃうか」

どこか楽しそうに苦笑した有希は、ペットボトルのお茶をごくりと飲み、口を開く。

いつの間にか、口調もくだけたものに変化していた。

「お察しの通り、私があの時身に着けていたのは全部レンタル品よ。それどころか、ここにあるカーテンやパソコンなんかも、すべてレンタル品なんだけどね」

　自分のモノは実家から持ってきた布団くらいかしら、と有希は笑う。

「そこまで徹底なさるのは、何か理由が？」

「……無駄なモノはなるべく買いたくないのよ。余計なモノを買うくらいなら、最初から何も持たないほうが気楽で良いかな、ってね」

　別にお金を節約しているわけでもないんだけどね、と有希は苦笑する。

「ご相談とは、例の『収納』のことですね」

「ご覧の通り、せっかく収納を作ってもらっても肝心の収納するモノがないのよね」

「使う予定もない収納を作るなんて、無駄もいいところだと？」

「ええ。だから『見せかけの収納』を作って欲しいのよ」

　自分が衣装持ちでもなんでもないことを川元に隠すため、彼に気付かれぬよう、収納が存在するように見せかけることはできないか——そんな要望を口にする有希に、薫子は問いかける。

「ご相談は、それだけではありませんよね？」

「……ええ」

　有希が語った内容。それは、奇しくも川元と同じもの——無駄を嫌うあまり物が持てない自身の性格をなんとか直したい、というものだった。

「――あの人のために変わりたいの。どうか、私を『持てる』女にして」

8

有希の家を訪れた翌日。講義が午前中で終わった今西は、Ｅｎｎのテーブルで提出期限間近の製図課題に取り組んでいた。

「行き詰まったときは、甘いものがいいですよ」

しばらく手が止まっていた今西の様子を見てとった月見里が、休憩にとコーヒーに焼き菓子の皿を添えて持ってくる。

「あ、ありがとうございます。……はぁ」

大人しくペンをテーブルに置き、今西はクッキーを一枚口に放り込む。じんわりと糖分が脳まで染みいる感覚に、自然と緩む頬。苦めのコーヒーが乾いた口腔を潤し、ぼやけた頭を覚醒させる。

「いまどきフリーハンド製図とは珍しいですね」

興味深げにトレーシングペーパーに目をやる月見里。

「あ、あまり見ないでくださいよ」

今西は、気恥ずかしさと情けなさが入り交じった表情を浮かべる。

「ご謙遜なさらずとも、学生でそれだけ素早く綺麗な線を引けるのは、充分誇れることですよ」

月見里の称賛も、今西は素直に受け止めることはできなかった。

「線を引く技術だけあっても、肝心のプランがこれじゃあ……」

自身の描いた図面を見かえした今西は、大きく息を吐き、トレペをくしゃくしゃに丸めてしまう。脳裏に浮かぶのは、事務所でたびたび見かけた、薫子のプラン——。

「——他人と自分を比較しても仕方ない」

月見里のつぶやきに、今西は図星をつかれたように顔をしかめる。しかし、続く言葉は彼が予想していなかったものだった。

「……とは、僕は思いません。良いものを数多く見て目を肥やすことは大切ですし、比較することで初めて見えてくるものもありますからね」

「比較して見えてくるもの……」

月見里はにこりと微笑むと、店に備え付けのマガジンラックを指さす。

「あちらに建築雑誌のバックナンバーがいくつか置いてあります。プランを丸ごとコピーするのは当然御法度ですが、なにかの参考にしてみてはいかがですか？」

幾分か肩の力が抜けた今西は、試しにとマガジンラックへ足を向ける。

「おぉ……」

意外なほど充実したラインナップに、今西は驚く。有名な建築雑誌が二種、最新号だけでなく半年ほど前の号まで並んでいた。以前、柏木建築士の事務所でも見かけた『Future Architect』誌もある。

「あ」

バックナンバーの表紙を眺めていた今西の視線が、ある号でぴたりととまる。

【特集・建築アトリエ『Ｆｌｅｕｒ』巻頭インタビュー・御子柴誠也】

目立つ文字で大きくそう書かれた表紙には、モデルさながらに整った容姿の男性が微笑む写真が、でかでかと載っている。

「…………」

思わず手にとった今西は、ぺらぺらとページをめくり、いくつかの建築写真や図面に目を通していく。

Ｆｌｅｕｒ——カリスマプランナー・御子柴誠也を中心に、トレンドをいち早く摑んだデザインと話題作りの巧みさなどから、テレビ等にも頻繁に取り上げられる人気

の建築アトリエ。そして……、

「そういえば、今西君は『フルール』のインターンだったのでしたね」

カウンターからふいにかけられた声に、今西は驚いて顔を上げる。

「え？　どうして……」

「履歴書に書いてありましたから」

「……ああ、そういえば」

納得した様子の今西は、月見里に問いかけた。

「……なぜフルールを辞めたのか、聞かないんですか？」

「興味はありますが、余計な詮索をする気はありませんよ。まあ、聞いて欲しいというのなら聞かせていただきますが」

「それは……」

口ごもる今西に、月見里は「いいんですよ」と笑う。

「今西君は、フルールよりウチのほうが合っている気もしますし、ね」

「……褒められたんですか？」

「ええ、もちろん」

苦笑した今西は、雑誌をラックに戻すと、再びテーブルに腰を下ろし、若干冷めたカップに口を付けた。

「参考にはなりませんでしたか？」

「気分転換にはなりましたけど、なかなかピンとくるテーマがなくて……」

「課題にテーマは設定されていないのですか？」

「リフォーム前の平面図以外は、まったく」

「それはそれは。自由度が高くて、やりがいがありそうですね」

「俺としては何かしら規定があったほうが、やりやすかったんですけれどね……」

肩を落とし、溜息を吐く今西に、月見里はふと思いついたように提案する。

「では、今回の依頼をテーマにしてみては？」

「え？」

月見里の意外な提案に顔を上げる今西。

「実際に依頼人の二人ともお会いして、彼らのお宅も訪問している。これほどやりやすいテーマもないでしょう」

なるほど、と思った今西は、二人から出されたプランへの要望を思い出す。

「川元さんが『隠し収納』、井上さんが『見せかけの収納』でしたよね」

新しいトレペをテーブルに広げた今西は、ベースとなる平面図に、思いついたプランを描き込んでいく。

まず試しに、各々の個室を用意してみる。

川元の部屋には『隠し収納』を配置。あれだけの量のモノを収納するのだ。床にも収納スペースを設けたほうがいい。

有希の部屋には『見せかけの収納』。壁に、収納風の扉だけ取り付ける、というのはどうか。いいや、それでは触れただけでバレてしまう。

ならば、互いの部屋に入れないように、鍵を付けるのはどうか。動線もなるべく交差しないように、リビングを挟んで対角線上に部屋を配置するのがいいだろう――

「こんな感じでどうでしょう？」

ひと通り図面を描き上げると、今西は月見里を見やる。

「悪くないと思いますが……」

月見里は図面をじっと見やると、苦笑しながらつぶやく。

「――これは『リノベーション』ではなく、『リフォーム』ですね」

はっとなにかに気付いた表情の今西。

「お二人は、具体的なプランに対する要望以外に、あるお願いをしていましたよね？」

「リノベーションで性格を矯正する、ですか」

実際に二人から話を聞いた今西は、依頼の難解さに頭を抱える。

「ははは、なかなか複雑なお二人のようですからね」

事態を楽しむように、月見里は笑う。

「相手に対して本当の自分を隠している二人。しかも性格はまるで正反対。そして、本性を隠したまま性格を矯正したいと思っている……か」

「どうして、そんなややこしいことになったんでしょうね」

「出会いは、仕事の取引相手だったそうですよ」

「少しでも相手に良い印象を与えようと自分を着飾った結果、そのままプライベートの付き合いになっても尾を引いてしまった……と」

今西はすっかり冷めたコーヒーの残りを一気に口に含む。

「さすがの音無さんでも、今回の依頼は相当難儀するでしょうねぇ……」

いままさに、事務所で頭を悩ませているであろう薫子へ、今西が同情にも似た溜息を送っていると、

「――プランなら、もう完成してるわよ」


いつの間にか二階から降りてきた薫子が、呆れ顔で立っていた。

「月見里、私にもコーヒーをお願い」

「承知しました」

月見里がカウンターへ向かうと、薫子は今西の対面に勢い良く腰を下ろし、テーブルの焼き菓子を一枚つまんだ。

「もう完成してるって……」

驚く今西に、薫子はハート型のココアクッキーをぱくりと咥え、にやりと笑う。

「――今回は、図面を描かないつもりだから」

「え？」

首をかしげる今西に、薫子は得意げな笑みを浮かべる。

「ちょうど考えていたアイデアがあってね。今回はそれを使うつもりよ」

「もしや、望月さんのところに連絡したのですか？」

カップを運んできた月見里がそう尋ねると、薫子は大きくうなずく。

「すぐに準備してくれるそうよ。オジさんが乗り気で助かったわ」

「望月さん？」

初めて耳にする名前に、今西が首をかしげる。

「そういえば、まだ今西君には紹介していませんでしたね」

「まあ、すぐに顔を合わせることになると思うけど――」

そのとき、入り口のドアが勢いよく開き、ドアベルの音が店内に響き渡った。

「――何よっ、これはっ！」

姿を現したのは、全身から怒気を放つ有希。彼女の手にはスマホが握られていた。

「お手間を取らせてすみません。月見里、コーヒーをあと二人分追加、お願い」

「承知しました」

興奮冷めやらぬ様子の有希に、薫子は椅子をすすめる。

「コーヒーなんていいから、この写真の説明をしてっ」

正面に腰掛けた有希は、スマホの画面を薫子に突き出す。

――そこに写っていたのは、今西にも見覚えがある、部屋の写真。

壁や床に、溢れんばかりのモノが並ぶ様子が収められたその写真は、ヒアリング中の薫子に言われて、今西が撮影したものだった。

「音無さん、これって……」

「詳しいお話は、もうお一方がいらっしゃってからしますので、もう少々お待ちを」

今西と有希、二人の疑問に答えるように、薫子はにこりと笑う。

「――あ、あの、この写真は一体……」

ほどなくやって来た川元。その手にはスマホが握られている。

「あ……、有希」

「ゆ、佑一さん……」

互いが来ることは知らされていなかった二人は、困惑の表情を浮かべる。

「ご足労おかけしてすみません。川元さんもこちらの席にどうぞ」

薫子に促され、川元は有希の隣に腰掛ける。

「コーヒーをお持ちいたしました」

「ありがと、月見里。……うん、おいし」

薫子はゆったりとした仕草でカップに口をつけ、満足げな笑みを浮かべる。つられるように対面の二人もおそるおそるコーヒーに口を付けた。

「…………」

しばしの静寂に包まれる店内に、コーヒーを啜る小さな音だけが響く。

「さて、まずはお送りした写真から説明させていただきましょうか」

コーヒーを充分に満喫した薫子が、そう切り出す。二人は待ってましたとばかりに顔を上げ、手にしたスマホをギュッと握りしめる。

「ちょ、ちょっと音無さん、まさか……」

先ほどの写真を思い出し、今西が声を上げるが、

「――その写真は、お二人が現在住んでいらっしゃる部屋のものです」

「⁉」

言ってしまった。二人が隠しておきたかった秘密を、バラしてしまった。

しんと静まりかえる店内。二人は目を大きく見開き、顔を引きつらせながら、ディスプレイに写る互いの部屋を食い入るように見つめる。

「え……、嘘、っすよね……？」

写真を何度も確認しながら、川元は譫言のようにつぶやく。

「……どうして、こんなことを？」

ある程度予想していた様子の有希は、怒気を孕んだ視線で薫子を睨む。

「お二人から依頼されたリノベーションには、この『準備』が必要だったからです」

「リノベーションの準備……ですって？」

「え、え……？」

混乱のためか、素に戻ってしまっていることに気付いてすらいない二人。そんな二人に、薫子はうなずき返す。

「ええ。――これで、最高の線（ライン）が引けます」

そのとき、静かな店内に電話の音が鳴り響く。全員がカウンターに注目するなか、二、三言葉を交わし通話を終えた月見里が、テーブルを振り返る。

「薫子さん、望月さんからで『予定通りできる』そうです」

「よしっ、ナイスタイミングね」

ガッツポーズをする薫子に、有希が眉をしかめる。

「……一体、何がどうなっているの」

薫子は二人に向き直り、はっきりと告げた。

「リノベーションの施工日は二週間後。当日は、お二人にも現地にいらしていただきます」

9

施工当日。熱い日差しが照りつけるなか、集合時間の少し前に到着した今西だったが、すでにメンバーは勢揃いしていた。

「チュン、遅いわよ！」

「す、すいませんっ……」

慌てて駆け出す今西に、薫子は大きく息を吐く。

「実はもう一人、大遅刻確定の人がいるんだけどね……」

月見里が「またですか」と苦笑する。

「まあいいわ。とりあえず先に部屋へ行きましょう」

顔を上げた薫子は、一同を振り返りマンションへと向かった。

*

「――到着、と。せっかくですから、お二人からどうぞ」

玄関ドアの前で、薫子はそう言って一歩下がる。

「え、えっと……」

すぐ後ろにいた川元は、躊躇しながら有希を見やるが、彼女が小さくうなずいたのを確認すると、意を決し、ドアに手をかけた。

「……じゃ、じゃあ、開けるっす」

ガチャリという音と共に、ゆっくりと扉が開く。その奥は薄暗い。

「そのまま土足で上がって構いません」

「は、はぁ」

川元を先頭に、一同は靴のまま玄関を上がる。

入ってすぐ左手に、個室へつながる扉が一つ。反対側にはトイレや洗面、バスルームなどの水回り。そして廊下の奥を進むと、二十畳ほどもあるリビングダイニングが広がっていた。

「へぇ……」

誰からともなく驚きの声が上がる。

フローリングがすべて剥がされ、下地となる合板がむき出しになった床。壁紙はタバコのヤニで黄ばんだ部分がそのまま残っており、前住人が手荒に扱っていた面影がうかがえる。

「壁の裏ってこうなってるんすね……」

「わぁ……」

コンセントプレートが取り外された壁を、おそるおそる覗き込む川元。有希も興味深げな様子で、ビニールに包まれたキッチンを眺めている。

お世辞にも綺麗とは言えない「素」の建築。滅多に見ることができないその様に、今西もしばしここに来た目的を忘れ、あちこちを観察して回る。

「これは……」

リビングとダイニングキッチンの間には、二つのスペースを分ける壁の形跡が残されていた。

「前の住人が無断で壁に穴を開けてしまったそうで。穴だけ補修しても良かったのですが、薫子さんの指示で壁ごと撤去したそうですよ……おっと」

月見里の懐（ふところ）で、スマホの着信音が鳴った。

「──薫子さん、望月さんがそろそろ到着するそうです」

「まったく……、あの人は時間にルーズなのが問題よね」

薫子は苦笑する。

「チュン」

「何ですか？」

突然呼ばれ、今西が何事かと振り返る。

「月見里と一緒に迎えに行ってらっしゃい。色々と運ぶものがあるから、手伝って欲しいのよ」

「は、はぁ……分かりました」

いまいち要領が摑めないまま、今西は月見里に連れられて部屋を後にした。

Note 02_ 川元邸

依頼内容：リノベーションで性格を矯正

Before

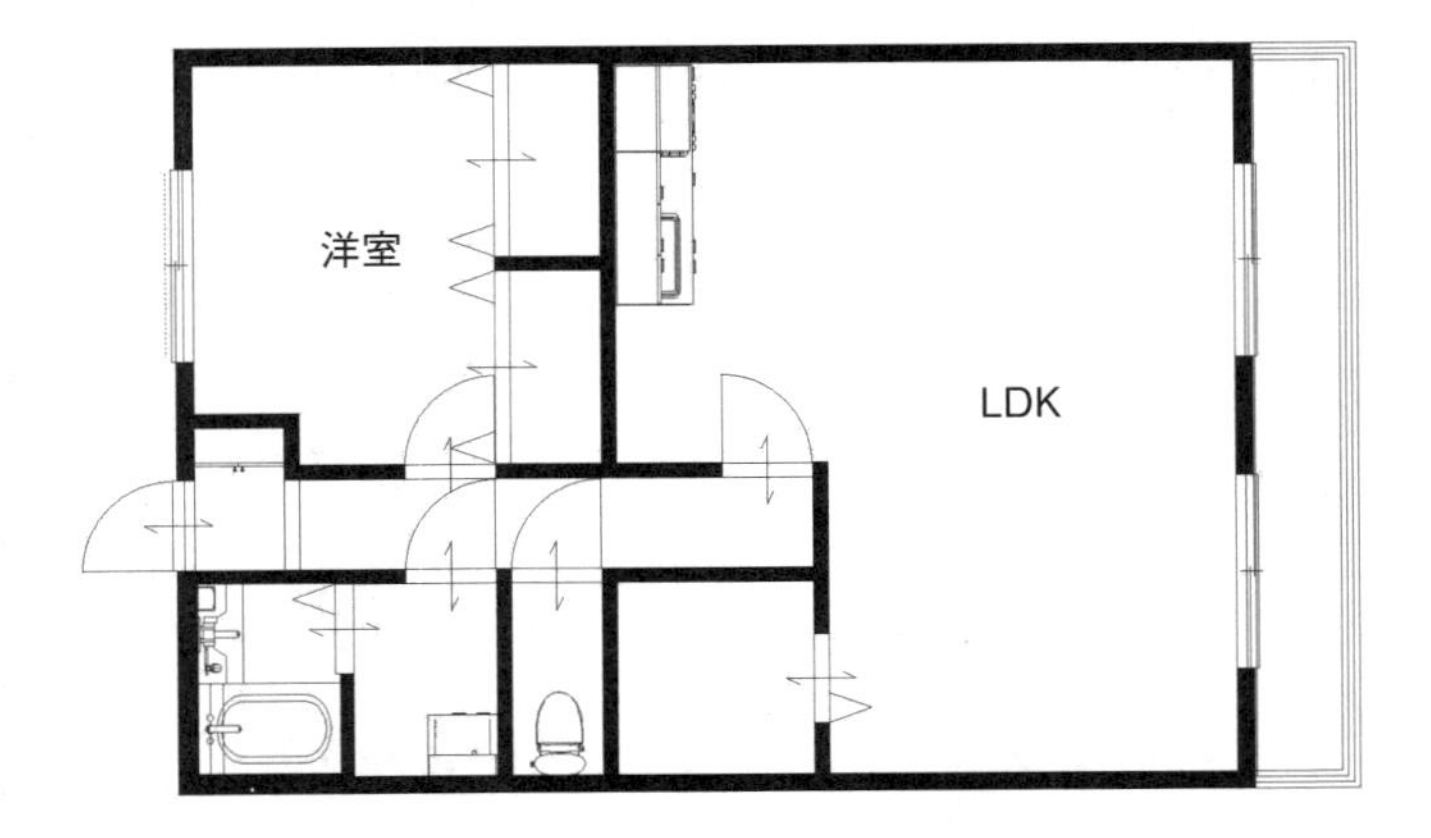

＊

「――望月幸三郎だ。今日はヨロシクな」

良く日焼けした肌に、白い歯を輝かせながら話す男。リビングに集められた一同を前に「望月工務店の社長」と名乗った彼だったが、白髪交じりの短髪に手ぬぐいを粋に巻き付け、捲った上着の袖から筋肉質な腕がのぞく様は、いまもなお現役で活躍する職人のそれだった。

「もしかして、このヒトが施工作業をやってくれるんすか……？」

望月一人しか来ていないことに、川元が訝しげな表情で尋ねる。

「いいえ、オジさ……望月さんは実際の作業を行いません」

薫子はそう言って、首を横に振る。

「……まさか」

なにかを察した様子の有希に、薫子は大きくうなずき返した。

「――リノベーションは、あなたたち二人の手で行っていただきます」

呆気にとられる二人を前に、薫子は説明を続ける。

「本来、ＤＩＹとは『自分たちでやる（Do it yourself）』という意味の言葉なんですよ」

「海外じゃあ、家の改修を住んでるヤツがやるのは、当たり前だしな」

そう言って、望月も笑う。

「で、でも、オレたち、そんな経験まったくないんすけど……」

不安げな川元に、薫子は心配ない、と答える。

「具体的なやり方は、望月さんがしっかりとレクチャーしてくださいますので、ご安心ください。――では望月さん、お願いします」

「かしこまった嬢ちゃんなんて、背中がかゆくなるなぁ……あいよ」

望月は頭をぼりぼりと掻きながら、二人の前に進み出た。

「施工作業といっても、専門的なトコはオレのほうで済ませてある。お前さんたちにやってもらうのは、壁紙の塗装、それに床の張り替え作業の二つだ」

「壁紙の塗装……ですか？」

「今回使うペンキは水性なので、クロスの上からでも塗れるんですよ」

薫子が補足説明をすると、望月は床に置いた道具を指さす。

「まずは、これから『下地調整』をやってもらう」

「下地調整？」

そこには複数のチューブやコテ、紙やすりなどが並んでいた。

「あんちゃんたちも手伝ってくれ。結構、補修が必要なところがありそうだからな」

今西や月見里も、道具を手渡される。

「壁紙が剥がれているところや継ぎ目は、このコーキング材で接着補強するんだ。壁紙に目立つ凹凸がある場所は、こっちのパテで平らにしてくれ」

望月が一連の作業をひと通りやって見せ、あとは実践あるのみと告げる。

「広いほうは、私どもでやりますので、お二人はキッチン側をお願いします」

戸惑いつつも、道具を持ってキッチンへ移動する二人。薫子はひと通り指示を出すと、望月となにやら話しながらどこかへ消えてしまった。

「こちらはこちらで、ぼちぼちと始めましょうか。今西君」

「わ、分かりました」

シャツの袖を大きく捲った月見里に続いて、今西も気合を入れ直したのだった。

10

しばし無言で作業に没頭していた今西に、すぐ傍から月見里が声をかける。

「お上手ですね。もしかしてこういったことの経験が？」

「い、いえ、特には……」

「それでこの出来は大したものです。僕など、まだこれだけしかできていませんし」

スペースを半分ずつ分担した二人だったが、月見里はその半分がやっと終わったという状態。今西は既に、ほとんど作業を終えてしまっていた。

「こちらが終わったら、月見里さんのほうを手伝いますよ」

「ありがとうございます。……いやあ、たまにはこうやって現場で手を動かすのもいいものですね」

額の汗をぬぐいながら、月見里は爽やかな笑みを浮かべる。

「頭でゴチャゴチャ考えなくていいんで、作業に集中できますから」

今西も同意だとうなずき返す。

「やっぱり俺って、こっちのほうが向いてるのかな……」

そう言って今西が苦笑すると、突然後ろから肩をぽんっと叩かれる。

「あんちゃん、なかなか筋が良いじゃねえか」

補修を済ませた壁を眺めながら、望月が感心したようにうなずく。

「最近は職人のなり手が少なくて、万年人手不足なんだよなぁ。せっかく雇ってもすぐに辞めちまうヤツも多いし。その点、あんちゃんなら根性もそこそこありそうだ。

どうだ？　卒業したらウチに来ねえか？」

「い、いや、俺は……」

なんならすぐにでもバイトから始めるか？　と眼前に迫られ、今西がたじたじとなっていると、

「オジさん、勝手にウチの子を引き抜かないでくれる？」

はあ、と溜息を吐きながら、薫子がたしなめる。

「わっはっは、バレちまったら仕方ねぇ。まあ気が向いたらいつでも言ってくれや」

「あ、ありがとうございます……？」

今西の肩をばしばしと叩きながら、望月は豪快に笑う。薫子はもう一度大きく息を吐いた。

「……それで、作業のほうはどう？」

「えっと、俺のほうは、そろそろ下地調整が終わりそうですけど……」

「ああ、そっちのことじゃないわ」

「？」

「あちらのお二人、ですよね」

月見里が苦笑しながらつぶやく。

「まあ、見ていただければ分かるかと思いますが……」

本日の主役――二人の様子を、あらためて皆で見やる。

「ええと、パテはこのくらいでいいか？」

「ええ、大丈夫だと思います」

「じゃ、じゃあ、コレが乾くまで何か別の作業でも……」

「さっき向こうで塗ったパテが、もう乾いているころだと思いますよ」

「そ、そうか？　じゃあ、そっちは任せてもいいか？」

「分かりました。……あ。紙やすりをかければいいんですよね？」

「あ、ああ。……あ。でも、やすりは危ないから、オレがやろうかな……」

「では、私は何をしましょうか」

「え、ええと、まだ手を付けてないのって、どこだっけ……？」

「……こちら側の壁は、まったくの手つかずだと思います」

ぎこちないやり取りを繰り返しながら、遅々として作業が進まない川元たち。二人でやっているにもかかわらず、月見里一人にすら作業量で遠く及ばない。

「ありゃダメだな。あの調子じゃ、あっという間に日が暮れちまわぁ」

呆れ顔の望月に対し、薫子はにやりと笑う。

「……良い傾向ね」

どういう意味だ、と男三人が首をかしげる。

「チュン、向こうの部屋にあるモノを、手分けして全部こっちに持ってきてくれないかしら」

「分かりました」

リビングダイニングを後にする男三人を見送った薫子は、キッチンの二人に声をかけた。

「――お二人とも、一旦手を止めてこちらに来てください」

＊

数分後。再びリビングの中央に集められた一同。目の前には、無数のペンキ缶やフローリング材などが並べられていた。

「こちらは望月さんに頼んで持ってきていただいた、クロス塗装用のペンキと、床用のフローリングやクッションフロアです。これからお二人には、この中から実際に使用するものを選んでいただきます」

「え？」

驚いた表情で、床に置かれた缶や材料を見やる二人。

「本来なら、前もって決めたモノしか現場に持ってこないんだけどな。嬢ちゃんの頼みとあっちゃ仕方ないさ」

他の現場や知り合いに無理を言って、余った材料をかき集めたという望月は、頭を掻きながら苦笑する。

「さあさあ、自由に選んでくれや」

「は、はぁ……」

戸惑いつつも、二人は缶を一つ一つ確認していく。それぞれの缶には、実際に壁紙に塗ったサンプルが付いており、具体的な施工後の姿を想像しやすくなっているのだが——

「え、ええと、有希はどれがいいと思う……？」

「……佑一さんにお任せします」

「そ、そうだな……」

川元は戸惑いの色をさらに濃くしながら、ペンキ缶の山と向き直る。

「やっぱり白とかベージュ、かなぁ……、それともこっちのパステルカラー……？リビングはお客さんとかも見るんだよなぁ……」

サンプルを手に取りながら、川元はああでもないこうでもないとつぶやく。

その様子を見守っていた有希だったが、いつまでも悩み続ける彼に痺れを切らしたように、遠慮がちに前へ進みでた。

「……リビングは、なるべく無難な色のほうがいいと思います」

「そ、そうか？　こっちの色も気になるんだけどな……」

「でしたら、あちらの個室を佑一さんの好きな色にして、リビングはこちらのベージュ色か白にするのはどうですか？」

「そ、そうだな。じゃあ、どちらかにしようか……」

「………………」

「ベージュよりも白のほうが明るくていいなぁ……。でも、真っ白だと汚れが目立ちそうだし……」

「………………」

「寝室の色か……。こっちは落ち着いたダークトーンの色のほうが……。いや、朝はパステル色のほうが、目覚めが良いかも……」

「っ」

ワナワナと身体を震わせていた有希が、突然、バッと立ち上がる。

「――いい加減にしてよ！　これじゃあいつまで経っても決まらないじゃない！」

「ゆ、有希……？」

「私はあなたに任せるって言ってるんだから、さっさと好きな色に決めなさいよ！」

「で、でも、間違った色を選んで、後になって後悔したくないだろ……？」

「どうせすぐに飽きるんだから、どの色でも変わらないわよ！」

「なっ……、そんなことないだろ！　何をやっても無駄みたいな言い方するなよ！」

「悩んでる時間だって無駄じゃないの！　……そういえば、写真で見たあなたの部屋も、随分と無駄なモノが多かったみたいね」

「そ、そっちこそ、何もない殺風景な部屋で暮らして、退屈じゃないのかよ！」

「っ、無駄なモノに囲まれて、無駄な時間を過ごすより、よっぽどマシよ！」

「なんだと！」

「なによ！」

　非難の応酬と共に、激しく睨み合う二人。

「――はいはい、喧嘩はそのくらいにしてくださいね」

　母親が子供をたしなめるように、薫子がパンパンと手を叩く。ハッと同時に振り返った二人は、冷静さを取り戻したように、バツの悪そうな表情を浮かべた。

「互いに考えをぶつけ合うのはいいことですが、売り言葉に買い言葉になっては、意味がありませんよ」

「そうかぁ？　オレと母ちゃんなんか、しょっちゅうこんな感じだけどな」

からかうような笑みを浮かべる望月をひと睨みした薫子は、こほんと小さく咳払いし、二人に向き直る。

「ひとり暮らし歴も長く、立派に自立した社会人であるお二人ですから、おいそれとそれまで積み上げてきた『自分』を変えることはできないはずです。――それがたとえ、大切なパートナーのためであったとしても」

二人は、あらためて互いを見やる。

「壁の色一つ決めるにも、好みや性格の違いから考えが対立してしまう……。これまでまったく別の人生を歩んできた二人が一緒に暮らすには、こういったぶつかり合いが不可欠なのですよ」

互いに素の自分や本音を隠したままでは、スタートラインにすら立てない。だからこそ、強引とも言える手段でその仮面を剥がす必要があった――そう薫子は語る。

「……だったら」

川元はぼそりとつぶやく。

「衝突が避けられないなら、こんなときどうすればいいんすか……。どちらか一方が我慢して、妥協し続けるしかないんすか？」

彼に同意するようにうなずいていた有希だったが、何かを思いついたように顔を上げる。

「この部屋を大きく二つに分けて、佑一さんと私、お互いのスペースをはっきりと決めたらどうかしら？」

互いのスペースには一切口出しせず、それぞれが好きなように空間を作る。煩わしい揉め事を回避するための、一見賢い提案にも思えるが……、

「私は、そういったやり方はおすすめできません」

薫子は苦笑しながら首を横に振る。

「それでは、一緒に住んでいる意味がありませんから」

「じゃ、じゃあ、これからどうすればいいのよ……」

困惑した様子の二人に、薫子は口元に笑みを浮かべ、告げる。

「――実は、秘密兵器を用意してあるんです」

そのとき、いつの間にか外に出ていた望月が、何かを抱えながら戻ってきた。

「よっと。こんな感じのつくりでよかったのか？　嬢ちゃん」

「さっすがオジさん、図面通りの素晴らしい出来よ」

望月は抱えていたそれを地面に降ろし、皆に見えるように移動させる。

「…………箱？」

それは、縦横四十センチほどのシンプルな収納ボックスだった。

11

「このボックス、元はこちらにある板パーツからできています」

同じような加工が施された正方形の板が、床に並べられる。

「あらかじめネジ穴などは作ってありますので、組み立ては非常に簡単です。試しにやってみてください」

そう言って、薫子は数個のネジとドライバーを有希に手渡す。

「私がやるの？」

「力の強い男性は、板を支えるサポーター役に適していますので、あなた主導で作業を進めてください」

「……分かったわ」

詳しい組み立て方を望月から聞いた有希が、川元を振り返る。

「佑一さん、まずはこちらの二枚をつなげるから、持ってもらえる？」

「あ、ああ。分かった」

慌てて駆け寄った川元は、有希の指定した二枚の板を持ち上げ、指示通りの位置に固定する。

「もう少し、ネジ穴が上になるように傾けて」

「り、了解」

手早く二箇所にネジを留めた有希は、L字型になったパーツを一旦床に置くよう川元に指示し、別の二枚を同じように組み立て始める。

「私じゃ力が弱いから、最後に佑一さんが全部のネジを留めなおしてくれる？」

「分かった」

そして、完成した二つのパーツをつなぎ合わせ、あっという間にボックスを完成させてしまった。

「こんな感じで良いの？」

「上出来です。二人で協力すれば、簡単だったでしょう？」

「……もしかして、これ全部組み立てるの？」

「私たちもお手伝いしますので、さっさと済ませてしまいましょう」

一同は三組に分かれて、ボックスの組み立て作業を開始した。

＊

数十分後。床には大小様々なボックスが無数に並べられていた。

「お疲れ様でした……と言いたいところですが、ここからが本番です。——チュン、ちょっと来て」

「あ、はい」

今西が駆け寄ると、薫子は手に持ったスケッチブックにさっとペンを走らせた。

「いまからボックスをこんな感じに組み立ててもらえないかしら」

「……分かりました」

望月からジョイント金具を受け取った今西は、同じ大きさのボックスを二個集め、縦につなぎ合わせた。

「——こうすれば、ホームセンターなどでよく見かけるカラーボックスタイプの収納になります」

続いて薫子がスケッチブックに描いたのは、大小様々なボックスを縦横に複数並べたもの。今度は月見里や望月も手伝って、巨大な壁面収納を完成させる。

「こうやってボックスを継ぎ足していくことで、スペースの許す限りいくらでも収納を増やすことができます」

さらに薫子が描くスケッチに合わせて、次々と三人はボックスを分解し、組み立てなおしていく。

「ボックス単体でもテーブル代わりになりますし、組み立てた収納を部屋の間に置けば、ちょっとしたパーティションの役割も果たしてくれます。ボックスをフレームに見立てて、飾り棚にするのもいいですね」

シンプルなつくりのボックス、しかも絶妙なサイズのものが複数揃っているので、使用者のアイデア次第で様々な用途が考えられる。

「使わないボックスは入れ子にすることでコンパクトにできます。人が乗ってもまったく問題ありませんので、スツールやステップ代わりにも使えますね」

小さなボックスをワンサイズ上のボックスの中に入れることで、マトリョーシカのようにコンパクトに収納することができる仕組みだ。

「へぇ……」

なかなかよく考えられたつくりに、川元は感心する。

「確かに、色々と便利そうだけど……」

有希は不安そうな表情を見せる。

「壁の色一つ決めるのに、あれだけ揉めたのよ。複数の用途がある家具なんてあっても、収拾がつかなくなるだけじゃないかしら」

「そ、そうっすよ！　初めから使い道が一つに決まってるほうが、オレとしてもありがたいんすけど……」

しかし、薫子は首を横に振る。


「――建築に、正しい使い方なんてものはないんですよ」


薫子は再びスケッチブックを開く。そして、目にも留まらぬ早さで彼女がペンを走らせると、そこには、この部屋に無数のボックスをレイアウトした、様々なプランが生み出されていった。

壁一面の本棚を中心とした読書を楽しむための空間。

必要な場所にだけピンポイントでボックスを一つずつ置いたミニマルな空間。

パーティション代わりの収納で、緩やかにゾーニングされたリビングダイニング。

あえて奇抜な形にボックスを組み合わせ、ディスプレイとして活用したエキセントリックな空間。

Note 02_ 川元邸

解決案：可変式収納ボックスの設置

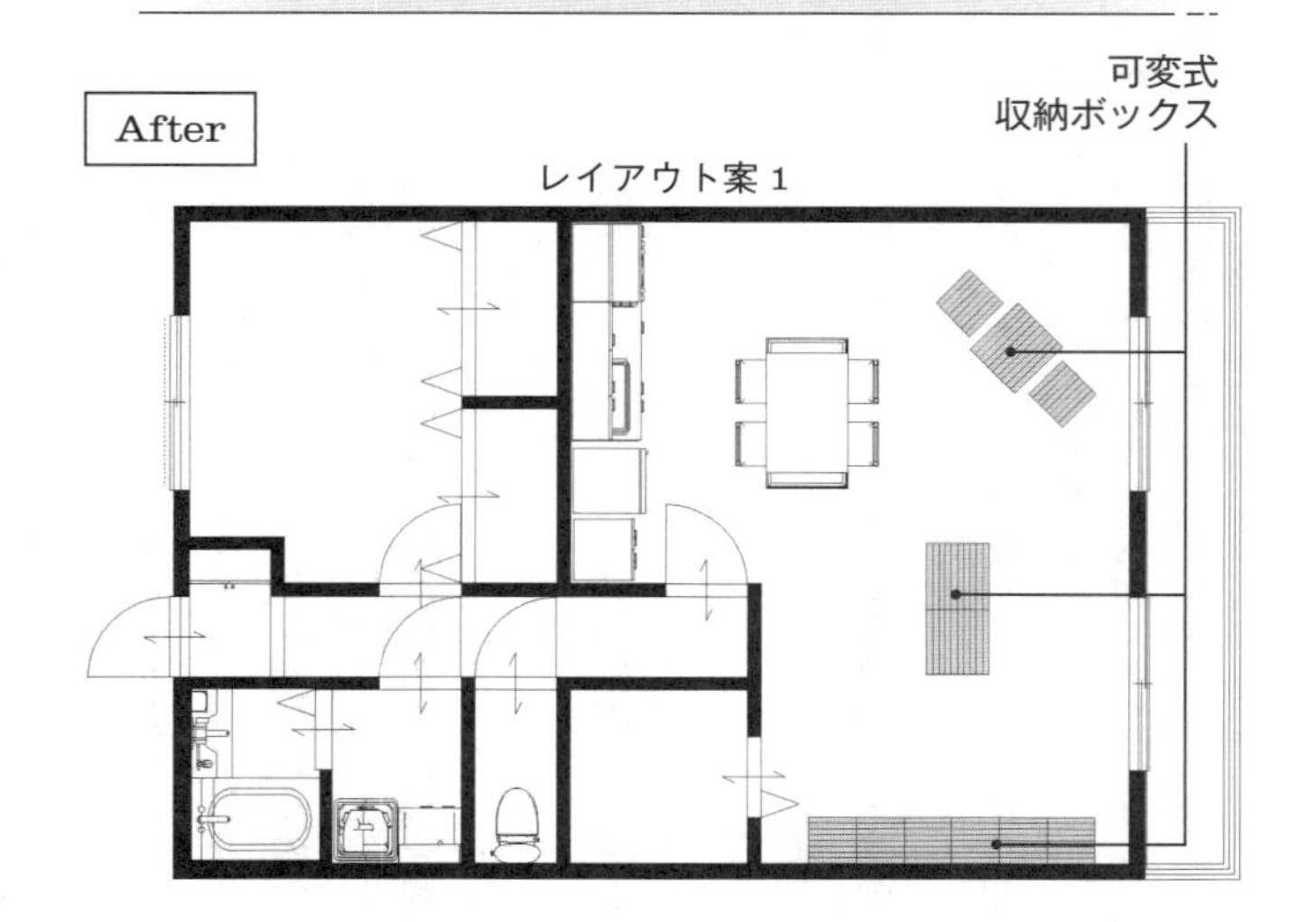

レイアウト案２

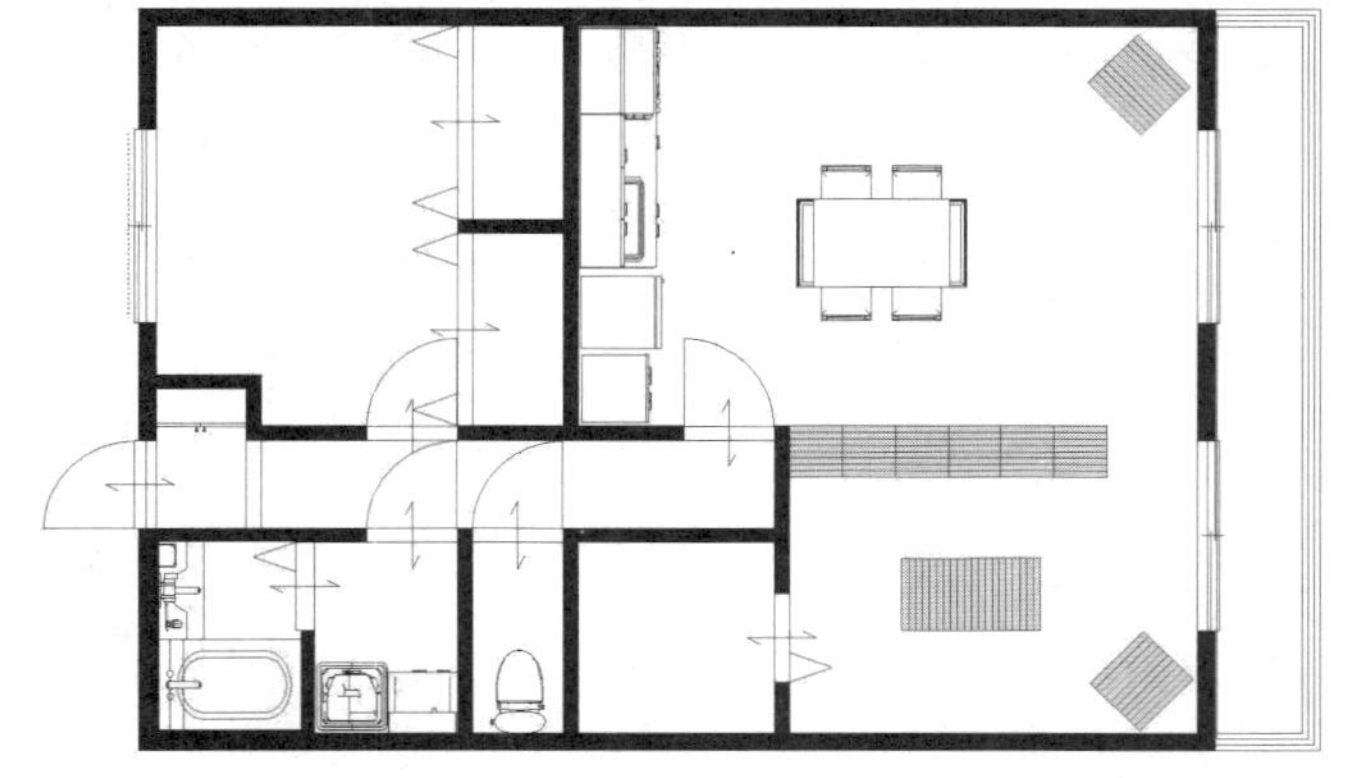

「利用する人によって、空間の有り様は千差万別。同じ人でも、生活スタイルの変化やその日の気分一つで、最適なスペースは異なるのが当たり前です。本来、住み手に合わせて少しずつ手を加え、変化させていくのが、住まいのあるべき姿なんですよ」

「リフォームやリノベーションってのは、まさにそのためにあるんだし、な」

海外では、季節ごとや気分転換代わりに壁を頻繁に塗り替えるのも珍しくない。床だってフローリングの上にカーペットタイルを置いたり、狭い範囲ならその逆だってできると、望月は付け加える。

「最初に決めた考えに囚われる必要はありません。空間とは変わっていくもの、変えていくものなのですから」

薫子はスケッチブックを閉じ、二人に向き直る。

「お二人は、このリノベーションによって本来の自分——頑なに隠し続けていたこれまでの自分と決別し、まったく異なる理想の自分へと劇的な変化を遂げたい。そう、望んでいましたよね？」

互いにまったく同様の相談をしていたことを知り、驚きながら顔を見合わせる二人。そんな二人に、薫子は言葉を続ける。

「確かに、環境の変化が人の内面に影響を与える例は多々あります。しかし、人はそう簡単に劇的な変化なんてしません。様々な巡り合わせや周囲の干渉、そして何より己の強い意志により、少しずつ変わっていくものなのです」

「少しずつ、変わる……」

「空間も同様です。これまで互いが作り上げてきた空間の有り様に囚われず、ゼロから『二人の空間』を考える。家族になるとは、そういうことではありませんか？」

無意識に互いを見やる二人。薫子は柔らかな声色で二人に語りかける。

「相手を思って、自分を変えていこうとする。そういった考え自体が、お二人が出会ったことによって生まれた『変化』そのものなのです。その気持ちさえあれば、無理せずとも、共に暮らしていく中でお二人に相応しい姿になっていくと思いますよ」

じっと見つめ合う二人。気恥ずかしそうにしながらも、目を逸らさず向かい合うその姿に、リビング全体が優しい空気で満たされる。

「さあ、リノベーションを再開しましょうか」

薫子はそう言って、積み上げられたボックスの一つにそっと手を添えた。

「柔軟にその有り様を変えつつも、変わらず必要とされ続ける箱――この収納ボックスは、建築そのものです。お二人で創り上げる新たな生活、新たな空間のために、どうぞお役立てください」

12

数日後。珍しく店にいたユカリママに、焼き菓子の作り方を教わっていた今西は、今回の依頼を思い返していた。

「なんとか上手くいって、ほっとしましたよ」

あのあと再開した作業は、有希が主導権を握ることで、それまでと比べものにならないほどスムーズに進んだ。

壁や床をどうするかという問題も、現時点で二人が最も気に入ったものを選ぶことで、あっという間に決まってしまった。変えたくなったらそのときになって考えればいい。気負いがなくなった二人は、そう言って笑い合った。

互いに力を合わせ、二人の空間をその手で作り上げた経験は、彼らが良い方向へと変化する「キッカケ」以上の効果があった、と今西は確信している。

「……音無さんがアレを暴露したときは、肝を冷やしましたけど」

「カヲルコちゃんがあの二人に送ったっていう、写真のこと？」

一連のやり取りの報告を受けていたユカリママが、そう尋ねる。

「結果的に丸く収まりましたけど、あれはちょっと強引すぎますよ。もし二人が、互いに隠していた『素』を知って幻滅したり、同居や婚約の話がご破算になったらと思うと――」

「カヲルコちゃんは、分かっていたはずよ」

ユカリママは自信満々に微笑む。

「あれしきのことで二人が別れるはずがない、ってね」

「……どういうことですか？」

訝しげな表情の今西に、ユカリママはあっけらかんと答える。

「だって、アタシも最初に物件を紹介したときから、全部分かってたもの」

「…………は？」

思いがけない発言に、今西が目を丸くする。

「ど、どうして……？」

ユカリママは少し考え込んだ後、口を開く。

「例えばあの男の子……ユウちゃんだったかしら。あの子、一見すると口が回ってどんどん自分の意見を言う性格に思えるけど、何かの決断を迫られるときは必ずといっていいほど彼女のほうを向いて、念入りに確認をとっていたのよ。本当にこれでいいのか、オレの考えは間違ってないのか、ってね」

Ｅｎｎでの初顔合わせ時、川元が一方的にしゃべっているように見えて、しばしば有希に同意を求める場面があったことを、今西は思い出す。

「ユキちゃんも、カレシを立てるように一歩下がった振る舞いだったけど、自分が同意することでユウちゃんが自信をつけてくれるのを、満足そうに見守っていたわ。あの子は、自分がオトコを支えていることに幸せを感じる性質なんじゃないしら」

今西はさらに思い出す。

リノベーション作業が順調に進み出してからは、徐々に指示を出す回数が減っていた有希。あくまで決定権は川元に任せ、自分は彼の背中を押す。それが彼女の幸福なのだ。

「元々、あの二人は隠していた素の性格を互いに感じ取って、そこにこそ惹かれていたのよ。だからこそ、カヲルコちゃんもああいった行動に出たのだと思うわ」

初めから、根っこの部分で惹かれ合い、相性がぴったりな二人だったからこそ、薫子は不要な壁を強引に取っ払ったのだ——ユカリママはそう語る。

「……女性って、凄いですね」

薫子やユカリママの洞察力に舌を巻いた今西は、呆気にとられる。

「ん？」

そのつぶやきをカウンターの向こうで聞いていた月見里が、意外そうな表情で今西を見やる。

「もしかして、今西君。ご存じなかったのですか？」

「なんのことですか？」

「うふふっ、そういえば、ちゃんと自己紹介してなかったわね」

　ユカリママは含み笑いを浮かべながら、一枚の名刺を差し出した。


【狩生不動産（株）　代表取締役社長　狩生遊作（かりゅうゆうさく）】


「……………え？」

　名刺と目の前の人物とを、何度も交互に見やる今西。

「……………………ユウサク、さん？」

「やんっ、ママって呼んでって言ってるじゃない」

　少女のような恥じらいをにじませた笑みを浮かべるユカリママ――狩生遊作の姿を、呆然と見つめる今西。

『女性』の謎は一生解けないであろう――彼は、深く思い知ったのだった。

Note 03 ▼ 使われなくなった部屋

1

午前中からの強い日差しに、肌がうっすらと汗ばむ梅雨の晴れ間、今西ら建築学科二年生有志は、伊豆野に連れられ課外実習に出ていた。

「うぇ……、長袖で来たのは失敗だったか」

今西の隣で、同じクラスの松永亮が袖を捲りながらうめき声を上げる。

「お前が実習に出るなんて珍しいな」

今回の実習は希望者のみ参加で、直接単位とは関係ない。松永がこの場にいることが、今西には意外で仕方なかった。

「あー……、明里のヤツが勝手に申し込んじまってな」

恨みがましい視線を感じたのか、すぐ前を歩いていた香椎明里が松永を振り返る。

「リョウだって『面白そうな授業があれば参加したい』って言ってたじゃない。やっと真面目になってくれたと思って、あたし嬉しかったんだから」

「……まあな」

松永は頬を掻きつつ、今西をちらと見やる。

「これからは、課題を手伝う必要もないかもな」

かすかな喜びを内心に隠しつつ、今西はからかうような笑みを浮かべる。

「そ、それとこれとは話が別だろ。いいバイト先が見つかったからって薄情だぞっ」

「バイトじゃなくてインターンだ。……どうしても講義に出られないときだけ、な」

「さっすが大将っ！　頼りになるぜ」

「まったく、情けないわねぇ……」

へこへこと頭を下げる彼氏を、呆れた表情で見つめていた明里は、ふと思い出したように今西へと視線を向ける。

「ねえ、フルールを辞めたってホント？」

「っ、……あ、ああ」

突然振られた話題に、今西は言葉を詰まらせる。

「喜多村(きたむら)さんと喧嘩でもした？」

「お、おいっ、明里……！」

興味津々といった様子の明里を、見かねた松永が強引に連れ出す。

「……お前、知らなかったのか？」

「え、なにを？」

「だから、あの二人はもう……」

松永から事情を聞き、「あちゃぁ」とバツの悪そうな表情を浮かべた明里は、おそるおそる今西に近寄り、頭を下げる。

「……ご、ごめん今西君。私、知らなくて」

「気にしないで良いよ。フルールを辞めたのは、そのこととは関係ないし」

恐縮しきりの明里。今西は務めて何でもない風に笑うが、視線は、少し前を歩く学生たちの集団へ。

数人の男女が和気あいあいと談笑し、盛り上がるなか、髪にメッシュを入れた目立つ容姿の男子学生が、軽い調子で伶(れい)に話しかけている。

「お前も混ざってきたらどうだ？」

松永がそう促すが、今西は無言で首を横にふる。しかし、視線は固定されたまま。

「こちらが、本日お邪魔するお宅だ」

先頭集団が、一軒の住宅の前で足を止めた。後ろを歩いていた今西たちも、すぐ彼らに追いつく。

「私が三十年前に設計した住宅だが、今回は特別に許可をいただいた」

伊豆野は門扉(もんぴ)の前に立つと、一同を振り返り告げた。

「本日の実習課題は、この『小林邸』のリフォームプランを考えてもらう」

2

小林邸のリビングに集められた一同に向け、伊豆野は説明を始めた。

「今回はグループ課題とする。各自三、四名ほどのグループを作り、共同で一つのプランを制作してくれたまえ」

学生たちがどよめく。伊豆野はこほんと小さく咳をし、再び口を開く。

「まだ正確な見積もりは無理だろう。コストは気にせず、自由にプランニングしてかまわない」

伊豆野はリビングの外に広がる庭を指さしながら続ける。

「こちらに即席のワークスペースを用意した。指定の用紙に具体的なリフォームプランと、そのコンセプト、意図などをまとめてくれたまえ」

天板の上には、模造紙やトレペ、定規やペンといった道具類が置かれていた。

「実習の最後に、グループごとにプレゼンテーションを行ってもらう」

プレゼン自体の出来も評価の対象にすると聞き、不慣れな学生たちが不満や戸惑いを口にする。

「簡易的にだが、順位も付けさせてもらう。上位のグループには、何かしらの賞品も考えている」

伊豆野がそう付け加えると、小さく歓声が上がる。

「あのー、単位が欲しい……なんてのはダメっすよね？」

調子に乗った松永がそう質問し、隣に座る明里に頭を叩かれる。

「さすがにそこまでは聞けないが、課題を一つ免除、くらいは考えよう」

先ほどよりも大きな歓声が上がり、途端にリビングが騒がしくなる。

「――皆さん、お茶のおかわりはいかがですか」

にこやかにキッチンから声をかけたのは、この家に住む小林安江（やすえ）だ。

「小林さん。ちょっとよろしいですか？」

「ええ、なんでしょう」

伊豆野に呼ばれ、安江はゆっくりとした足取りでリビングにやってくる。

「今回の課題。現在この家に住んでいらっしゃる小林夫妻を、仮の依頼者とする」

学生たちの視線が、小柄な女性に集まる。

「本来は、プランニングを行う前に依頼者へ充分なヒアリングを行う必要があるが、今回は君たちが小林夫妻にふさわしいと思うプランを考えてみなさい。なお、直接彼女にリフォームに関する要望を聞くことは禁止とする」

「みなさん、よろしくお願いしますね」

安江は穏やかな表情で一同に微笑みかける。


「――小林さんではなく、伊豆野先生への質問はよろしいでしょうか？」


最前列でスッと手を上げたのは、伶だった。

「いまここで答えられる範囲でならかまわないよ。喜多村君」

「ありがとうございます。では、一つだけ」

伶は立ち上がり、はっきりとした口調で告げた。

「伊豆野先生は、この家をどういった意図で設計なさったのですか？」

よく通る声が、しんと静まりかえったリビングに響きわたる。

「非常に良い質問だ。では、簡単にだが、説明しよう」

そう言って、伊豆野はこの家が建てられた頃の様子を語り出した。

――当時、独立して事務所を立ち上げたばかりだった伊豆野。そんな彼の元に初めて舞い込んできた新築設計の仕事が、この小林邸の設計だった。

「小林さんのご主人は、あえて実績が少ない私に設計を任せることで、仕事慣れした設計士の無難な発想とは違う、独創性の高いプランを求めていたそうだ。なかなか彼を満足させる設計ができず、何度も必死で描き直したものだよ」

伊豆野は安江と顔を見合わせ、互いに苦笑する。

「小林さんは、当時一歳になったばかりの息子さんを大層可愛がっていらっしゃった。新しく建てる家も、息子さんが思う存分遊び回れる『おもちゃ箱』のような家にしたいとおっしゃられたのだ」

結婚して随分と経ってからできた待望の子供だったので、目に入れても痛くないほど可愛がっていたのよ――と、少し恥ずかしそうに安江は微笑む。

「お二人にとっての『宝物』を大切に守りつつ、いつも笑い声が絶えない賑やかなおもちゃ箱。それはそのまま、この家のコンセプトになっている」

当時、住宅に取り入れることが滅多になかったスロープ＝滑り台を、子供部屋とリビングをつなぐ階段に設置し、全体の動線をわざと複雑にすることで、家全体が一つの遊具のような役割を果たすプラン。息子さんが家中を駆け回っても近所迷惑にならないよう、壁や床の防音対策は特に気を遣った――そう伊豆野は説明した。

「ただし、このプランはあくまで『当時の小林家』のために考えられたものだ」

すくすくと成長した一人息子は、大学入学と同時にひとり暮らしを始め、就職を経て、ほどなく結婚。現在は、同じ沿線上の数駅離れた場所にマンションを借り、共働きの奥さんと、生まれて間もない子供の育児に追われる毎日を送っている。

本日は外出中である安江の夫も、仕事一筋で家にいる時間がほとんどなかった生活を定年と共に終え、これから夫婦二人にとって第二の人生が始まる。

「生活環境の変化に応じて、住まいをふさわしい姿に適応させる――リフォームの本義は、そこにこそある」

伊豆野の言葉は、今西にあのＤＩＹリノベーションを思い起こさせた。

「いまの小林家に必要な住まいとは、どんなものか――皆の気持ちがこもったプランを期待している」

これまでの杓子定規（しゃくしじょうぎ）な講義とはまったく違う、仮想とはいえ依頼者を前にした真剣勝負。実践さながらの課題に、学生たちは身が引き締まる思いを感じた。

＊

「チュン、せっかくだから俺たちと一緒にやろうぜ」

一通りの説明が終わった直後。明里を連れた松永が、今西に話しかける。

「かまわないけど、今日は俺に丸投げするなよ」

「分かってるって。俺も今回の課題は面白そうだと思ったからな」

退屈な講義や、プランをひたすら模写する毎日に辟易(へきえき)していたという松永。珍しく目を輝かせる彼の姿に、今西は苦笑する。

「じゃあ、メンバーはこの三人でいい？」

明里があらためて確認する。そのとき――


「――よかったら、私もグループに入れてくれないかしら」


突然背後から声を掛けられ、今西らは同時に振り返り――一様に驚く。

「れ、伶……？」

そこに立っていたのは、感情の読めない表情で三人を見つめる喜多村伶の姿だった。

3

「とりあえず二組に分かれて、それぞれアイデアを出し合ってみようぜ」

妙に張り切った様子の松永は、課題要項について書かれたプリントを今西らに手渡すと、明里を連れて作業スペースがある庭へと消えた。

「私は、あなたと一緒ね。よろしく」

「あ、ああ……」

どうしたものかと戸惑う今西だったが、すでに伶はプリントに書かれた設計当時の図面に夢中だった。

「はぁ……」

小さく息を吐くと、今西は気を取り直したように踵を返す。

「どこへ行くの？」

ほとんどの学生が各々の作業スペースを確保すべく庭に移動している。中には早くも図面を描き始めるグループがいる一方、一人逆方向——玄関につながる廊下へ足を運ぶ今西に、プリントから顔を上げた伶が問いかける。

「ええと……、まずはこの家を隅々まで見ておこうと思って」

若干ぎこちなくなりながらも、そう返す今西。

「ふぅん……」

そんな彼を、興味深げにじっと見つめる伶。

「なんなら伶だけでも、先に作業スペースに移動して……」

「いえ、私も行くわ」

遠慮がちに提案する今西を遮るように、伶は立ち上がる。

「確かに、現場調査は大切よね」

「……分かった」

一瞬眉をひそめた今西だったが、小さく息を吐く。

「玄関から一通り回っていくつもりだけど、それでいいか？」

「ええ、任せるわ」

うなずき返す伶に見えないよう、今西は密かにぐっと拳を握りしめた。

＊

玄関、水回り、応接間、寝室――。今西と伶は、一階の各スペースを一通り確認すると、再びリビングへ戻ってきた。

「これが、例のスロープか……」

二階へとつながる階段。リビングスペースの内部に存在する螺旋階段には、人ひとり分ほどの幅を持つスロープが並行して設置されていた。

「なぜ、わざわざ螺旋階段にしたのかしら……」

図面と実物とを見比べながら、伶がつぶやく。

「どういう意味だ？」

「通常の階段と比較すると、螺旋階段はコストのわりにデメリットが多いのよ。単純に歩きづらいとか、荷物が運びにくいとか……」

「なるほど」

今西は、でも、とスロープを指さす。

「これを直線階段にしたら、リビングがかなり狭くなっちまうぞ」

一般的な螺旋階段と比べても、目の前の階段はスロープの角度が急になりすぎないよう、傾斜が緩めになっている。直線階段にした場合、相当なスペースを取ることは明白だった。

「そもそも二階へつながる階段は廊下側にもあるのだから、もう一つ階段を設置する必要はないわ。リビングの中に階段を設置すると、空調が効きづらくなる問題もあるし……」

この家には、二階へのアプローチが二種存在する。小林邸の規模から考えると、無駄なスペースを取り、動線を複雑にするだけの階段——伶にはそう感じられた。

「どうして伊豆野先生は、わざわざスロープ付きの螺旋階段なんて作ったのかしら」

図面を確認しながら、伶は眉をひそめる。すると、

「――この家には、コレが必要だったってことだろ」


「え？」

伶が顔を上げると、今西は真剣な瞳でスロープを見つめていた。

「この螺旋階段、廊下にあった階段と比べて、手すりが随分とすり減って見える。たぶん、日常的に使う回数が多かったんじゃないか？」

「あ……」

「さすがにスロープはもう使ってないだろうけど、いまでも小林さんたちは、こっちの螺旋階段で二階と行き来しているのかもしれないな」

一人納得した表情を浮かべる今西は、伶が無言でじっと見つめているのに気づき、ふと振り返る。

「どうした？」

「……よくそんな細かなところに気付いたわね」

はっとした表情を浮かべた今西は、嬉しそうにつぶやく。

「いま世話になってる建築事務所に、こういったのが得意な人がいてな。いつの間に

か俺も癖になってたみたいだ」

「ふぅん……」

そんな今西をジッと見つめていた伶は、まだ納得できない様子で図面を指さす。

「だとしても、スロープは不要だと思うわ。実用とは正反対だし、子供が成長したらまったく無用の長物になってしまうもの」

「……それでいいんじゃないか？」

「え？」

今西はぼそりとつぶやく。

「おもちゃ箱か……無駄でもいいじゃないか。俺は、好きだな」

あとで俺もスロープを滑ってみようか……そんなことを考えていた今西は、はたと顔を上げる。

「………………」

目の前には、無言で鋭い視線を向ける伶の姿。怒らせてしまったか、と今西があれこれ言い訳を考えていると、

「――ふ」

小さく息を吐いた伶、その口元は微笑んでいるように、今西には感じられた。

「え、ええと……？」

「そういうところ。変わってないわね、あなたは」

ぽつりとそうつぶやくと、伶は踵を返す。

「まだ二階を見てないわ。早く行きましょう」

「あ、ああ」

わけも分からぬまま、今西は螺旋階段を上がる伶の背中を追いかけた。

＊

「……ここは子供部屋、かしら」

部屋の中には、小型の学習机とシンプルな本棚だけがぽつんと置かれていた。

「随分と本が少ないな」

本棚の中は、収納量の十分の一にも満たない数の本が、まばらに並んでいた。

「息子さんが家を出ていくときに、持っていったのではないかしら」

今西は、なるほど、と部屋を見回しながらうなずく。

「机や本棚は残して、本やベッドだけ持っていったってことか」

「……どうしてこの部屋にベッドがあったと分かるの？」

今西の何気ないつぶやきに、伶が首をかしげる。

「カーペットに脚の跡が残っているだろ。おそらく組み立て式のパイプベッドが置いてあったんだよ」

薫子に以前教えてもらったように、今西は答える。

「それも、新しいインターン先で？」

「ああ」

「ふぅん……」

伶は今西が指摘した跡を確認すると、再度周囲を見回す。

「押し入れの中まで確認するのは失礼でしょうし、そろそろ出ましょうか」

「そうだな」

もう長いこと主が不在の、がらんどうな部屋。物寂しさを感じさせる空間に、今西は後ろ髪を引かれつつも、伶に続いて部屋を後にした。

＊

「隣は、小林さんのご主人の書斎ね」

図面上では子供部屋の半分ほどの空間。その広さの違いは、この家が一人息子のために作られたという伊豆野の言を裏付けるように、今西には感じられた。

「……わ」

ドアを開けた伶が、絶句した様子で立ち止まる。彼女の珍しい姿に、今西も興味深げに部屋を覗き込むと、

「これはまた、すごいな……」

今西が以前訪問した川元（かわもと）の部屋を思い起こさせる、モノに溢れた部屋。それと異なるのは、空間を埋め尽くしているのが、主に『本』であるということ。

「下手に足を踏み入れたら、本の山を崩してしまいそうね」

壁際には、後から買い足していったのであろう、サイズもデザインも不揃いな本棚が幾つも並んでおり、どれも収納量の限界まで本が詰め込まれている。床には積み上げられた本がいくつもの塔を作り出しており、部屋に不釣り合いな大きさのデスクも天板いっぱいに本が積まれていた。

「仕事が忙しくて、家にいる時間がほとんどなかったって話だけど、本を読みあさる時間はしっかり確保していたみたいね」

家族との時間をろくに作らず、家にいても書斎に籠もりっぱなし。そんな主の姿を思い浮かべ、伶の口調に非難の色が混じる。

同じ発想から、以前関わった高部（たかべ）邸が頭をよぎった今西だったが、

「——違うな」

部屋をぐるりと見回し、今西は首を横に振る。

「家にいる時間がほとんどなかったってのは、本当の話だろうな——それこそ、本好きなのに読書の時間すら、ろくにとれないくらいには」

「……どういうこと？」

眉をひそめる伶に、今西は本の山を指さす。

「ここにある本は、買った当時の状態で一度も開いてないものがほとんどだ」

帯が付いているのはそれほど珍しくないが、スリップが挟まったままの本も多い。スピンもそのままだった。

「書店で気になる本を買ったはいいけど、読む時間がなくて未読のまま……いわゆる『積ん読』の状態だな」

今年定年を迎えるという部屋の主。思う存分本を読みふける日々を、大層心待ちにしていたのではないだろうか——そんな想像に、今西の口元が緩む。

「……はぁ」

感心を通り越して、呆れた様子の伶。

「前から、妙に気遣いが過ぎる傾向はあったものね。その観察眼も納得だわ」

「なんのことだ？」

「……あなたには、そっちの事務所のほうが合っているのかも、ってことよ」

ぷいと顔を背ける伶。

「そろそろ香椎さんたちと合流しましょう」

「あ、ああ」

足早に書斎を後にする伶。慌てて今西も続こうとするが、

「………?」

ふと、なにかの引っ掛かりを覚え、その場で立ち止まる。

「どうしたの?」

部屋を出てこない今西に、伶が廊下から声を掛ける。

「いや……、なんでもない」

頻度はそれほど高くないが、現在も確かに使われている「生きた」部屋。そんな感想を書斎に抱いた今西は、ゆっくりと伶の待つ廊下へ足を向けた。

4

「二階の部屋を一つにつないで、大きな書斎を作るってのはどうだ?」

「そんなのより、奥さんのためにウォークインクローゼットを作ってあげようよ。あ

の奥さん、かなり服のセンスいいし、結構衣装持ちだと思うんだよねえ」

「これだけ部屋があるから、いっそのこと二人それぞれに寝室を作ってもいいな」

「えー、せっかく夫婦の時間が増えるんだから、寝室は一緒でいいんじゃない？」

「そういうもんか？」

松永と明里が思い思いのアイデアを出し合う。先ほどまで良い案が浮かばないと頭を抱えていた二人だったが、今西と伶から現場調査の報告を受け、図面だけでは分からない生の情報に、ああでもないこうでもないと意見を戦わせ始めていた。

「――チュンたちって、二人で暮らしてたときは一緒に寝てたのか？」

松永がふいに尋ねる。

「ちょっ……、ばかっ！」

不用意な質問に、慌てる明里。

「え、ええと……」

今西がなんと答えたら良いものかと逡巡していると、

「二人で暮らし始めたときに、ダブルベッドを買ってしまったから、ずっとそれを使っていたわね」

なんでもない表情できっぱり答える伶。

「そ、そうか……」

「だ、だったら、わざわざ別々に寝る理由はないよね……」

逆に恥ずかしくなってしまう松永と明里。微妙な空気に、今西はいたたまれない気分になる。

「私たちの話は、今回のプランの参考にならないと思うわ」

淡々とそう告げた怜は、話を切り替えるように配布された図面を取り出す。

「リフォームというと、まずは破損したり汚れている箇所や、耐用年数が過ぎた設備などを取り替えるのが普通だけど……。この家はその必要がなさそうね」

小林夫婦が丁寧に使っていたのか、家の中に目立って補修が必要そうな場所は見当たらなかった。

「これは、私の考えだけれど」

怜は図面のとある箇所を指さす。

「――今回の課題、『使われていない子供部屋』がポイントだと思うわ」

この家の中でも一、二を争う広さの空間。にもかかわらず、長年使われていない子供部屋。これから第二の人生が始まる小林夫婦のために、この部屋をどう活用していくのかがプランのポイントになる。怜はそう見ていた。

「松永君が言っていた『隣の部屋とつないで一つの部屋にする』というのも一つの案ね。あの本の量は、明らかに小さな書斎だけでは収まりきらない様子だったもの」

Note 03_ 小林邸

実習課題：小林夫妻を、仮の依頼者とする『小林邸』のリフォームプラン

Before

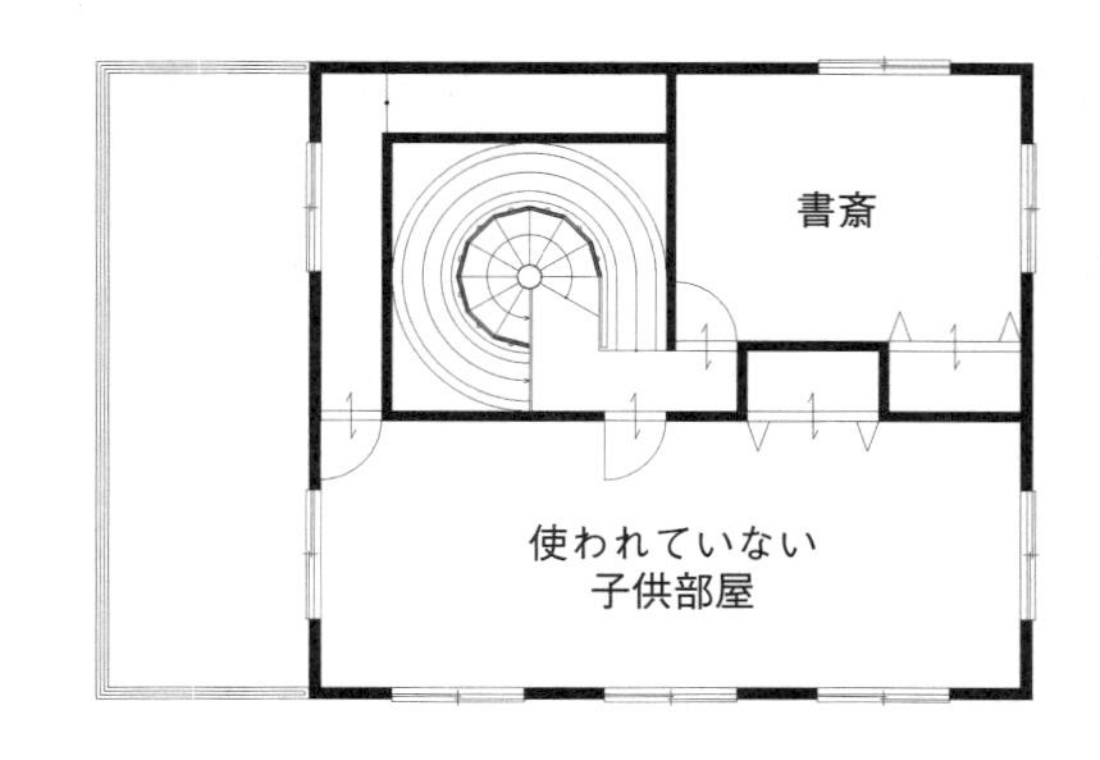

「だよなっ。喜多村さんのお墨付き(すみつ)なら間違いないぜ」

「えー、でも……」

得意満面の松永に対し、不満顔の明里。そんな彼女に、伶は別の部屋を指さす。

「香椎さんの言うウォークインクローゼットは、一階の応接間を転用したらどうかしら。ここなら同じ一階で寝室にも近いから、より便利だと思うわ」

「あ、そっかー！　さっすが喜多村さんだねっ」

上手く二人の意見を合わせ、伶が一つのプランにまとめていく。現場調査で得た情報をしっかり落とし込んだ良い案だと、今西も感じていたが、

「……？」

何も意見を言わず、じっと図面を見つめ続ける今西に、伶が声をかける。

「あなたは、何か意見はないの？」

「いや、特にはない……けど」

奥歯にものが挟まったような言い方に、伶は眉をひそめる。今西もかすかなひっかかりを感じてはいても、それが何か分からなかった。

「ん？」

そのとき、スマホの着信を知らせるバイブ音が、今西のポケットで鳴る。

「ちょっと向こうで電話してくる。プランは伶の思った通りに進めてくれ」

ディスプレイに薫子（かおるこ）の名前を見てとった今西は、慌てて立ち上がり庭を離れる。

「………そう」

静かにそうつぶやく伶の声が、今西に届くことはなかった。

＊

『――遅いわよっ、もう少しで電話を切るところだったわ』

電話の向こうで頬を膨らませる薫子を想像し、今西は苦笑する。

「今日は休むと、前もって伝えておいたはずですけど……」

『月見里（やまなし）が事務所の大掃除を始めちゃって、大変なのよっ』

普段なかなか手を付けられない箇所まで、徹底的に掃除しようと張り切る月見里により、事務所から追い出されてしまったと嘆く薫子。

「仕事ができなくて問題だ、と？　月見里さんがそんな考えなしの行動を取るとは思えませんが……」

『いまのところ、急を要する案件はないんだけど……』

仕事がなくても、大抵は事務所で図面を描いているか寝ているかという薫子は、製図板やベッド代わりのソファを取り上げられ、途方に暮れていた。

「……どこかに出かけたらいいのでは？」

『どこかって、どこによ。案件はないって言ってるじゃない』

「…………」

現場調査やヒアリング以外で、ほとんど外出しない薫子に、強引に気分転換を促す目的だったのでは――そんなことを今西は思う。

『なんの用事か分からないけど、さっさと終わらせてこっちに来てもらえない？　チュンが手伝ってくれれば、少しは早く片付くでしょ』

「ええと、大変申し訳ないんですが……」

今西は、大学の課外実習で当分帰れそうにないことを告げる。

『……はぁ、それじゃあ仕方ないわね。ママに話し相手にでもなってもらうわ』

薫子はあっさりと引き下がると、溜息を吐きながら電話を切ろうとする。

「あ……」

『ん？　どうしたの？』

今西が思わず出した声に、薫子が反応する。

「い、いえ。なんでもありません」

『何よ、そんな言い方じゃあ余計気になるじゃない。いいから言ってごらんなさい。今日の私はヒマだから、なんでも答えてあげるわよ』

今西は少し迷った挙げ句、おずおずと口を開く。

「課題について、どうしても気になることがあって……」

今西は現場調査で得た情報や、それを受けて伶たちが作ろうとしているプランについて説明する。

「皆が考えたプランもいいと思うんですけど、なにか足りないような気がして……」

『ふーん、なるほどねぇ……』

しばらし無言になった薫子は、確信したように告げる。


『――そのプランじゃあ、不合格ね』


「え？」

予想以上に手厳しい意見に、今西は言葉を失う。

「なにか足りないとは言いましたけど、別に不合格とまで言うほどじゃ……」

そもそも、設計プランに優劣はあっても、安易に合格・不合格の区別は付かないのでは――そう今西は反論する。

『この課題には、明確な「正解」が存在するの』

具体的なプランをどういった形にするのかは自由だが、その指針となるテーマだけは外してはならない、と薫子は断言する。今回の課題には、明らかにそういった「正解」が存在するのだ、と。

「もしかして、音無さんはその『正解』が、もう分かっているんですか？」

電話越しの拙い報告だけで分かるものなのかと、今西は首をかしげる。

『チュンがしっかり現場を観察していたからこそ、分かったのよ』

薫子は、確信を持って告げる。

『――建築が伝える大切なメッセージを、あなたはちゃんと受け取っているわ』

「建築が伝えるメッセージ……？」

いまいち意味が分からず、ぼんやりとした返事を返す今西に、薫子は「一つだけ、ヒントをあげるわ」と続ける。

『子供部屋の押し入れをこっそり覗いてみなさい。あるモノが見つかるはずよ』

それじゃあ頑張りなさい、と告げ、薫子の電話が切れる。

「押し入れ……？」

薫子から言われたことをもう一度思い返しながら、今西は作業スペースへ戻る。

「おぉ、お帰り。……ん？　どこに行くんだよ」

そのまま庭を通り過ぎ、リビングへ向かう今西を、松永が呼び止める。

「ちょっと気になることがあってな。すぐに戻るよ」

短くそう告げ、今西は螺旋階段から二階へ上がり、子供部屋へと足を運ぶ。

「……よし」

周囲に誰もいないのを確認し、ゆっくりと押し入れの扉を開けた。

下の段には、私物が入っていると思われる段ボール箱が数個。流石にそこまで覗き見るような真似はしない、と今西は視線を上に向ける。

薫子が言っていたモノは、上段にあった。

「これは……」

一人息子が部屋を使っていた頃には、おそらくなかったであろうモノ。それがここにある意味を、今西は考える。

「……あっ」

今西の頭の中で、二つの映像が同時に思い浮かぶ。

一つは書斎を出るときに感じた、わずかな違和感。そしてもう一つは、いままさに今西がいる、この部屋の様子。

二つの部屋を比べ、ある不自然な点を発見した今西は、それらをつなぎ合わせることで、ある結論に至る。

「………そうか、そういうことだったのか」

建築が伝えるメッセージ。それは住み手が抱くかすかな――しかし、とても強い

『想い』だった。

＊

「おっ、やっと戻ってきたか。お前も清書を手伝えよ」

作業スペースに戻ってきた今西を、松永が手招きする。

プランはほぼ完成しており、あとは伶が描いたスケッチを元に、プレゼン用のシートにまとめるだけという状況だった。

「………………なに？」

真剣な表情の今西に、伶が首をかしげる。

「あの、さ」

今西は、それを口に出すことを躊躇う。

ここまでプランが完成した後で言い出すのは、酷いことなのかもしれない。プレゼン開始の予定時刻まで、残された時間もわずかだ。

それでも伝えなければいけない。この家が教えてくれた、メッセージを。

「プランをゼロから描き直して欲しい。――俺に、考えがあるんだ」

5

「――い、以上が、僕たちのプランの概要になります」

緊張と慣れないプレゼンで多少ぎこちなくなりながらも、なんとか発表を終え、ほっとした表情を浮かべる男子学生。そんな彼に、グループのメンバーたちが口々に賛辞を投げかける。

「うむ。読書が趣味だという、平川君ならではの視点が取り入れられていて、なかなか興味深い内容だった」

「ええ、ぜひ主人に見せてあげたいわ」

伊豆野が簡潔に感想を述べ、安江がにこやかにそう告げると、メンバーからわぁと小さく歓声が上がる。特に名指しで褒められた平川は、得意げな笑顔だ。

これまでのグループが発表したプランは、主に男性陣が夫側の立場から書斎を充実させていく案が多く、逆に女性陣は妻の視点から家事のしやすさや収納を重視した内容が多かった。中には、定年退職した夫が新しくＳＯＨＯで起業したり、妻が自宅で趣味の教室を開くことなどを想定し、プランを提案していたグループも存在した。

伶が予想した通り、「使われなくなった子供部屋をどう活用するのか？」は、大きなポイントとなっており、伊豆野の質問も、その点を中心に行われていた。

「出番はまだか……」

次々と発表を終えたグループが緊張感から解放されるなか、今西らはもどかしい思いでその様子を眺める。プレゼンの順番はプランの完成順であるため、今西のグループはトリを務めることとなっていた。

「では続いて、井藤・沢田・長谷川・近野グループ」

「はい」

女子学生三人を引き連れ、壇上に上がる井藤。

「あ……」

移動中、伶に話しかけていた男子学生であることに気付いた今西が、隣に座る彼女をちらと見やる。

「……何？」

「い、いや」

視線が交差し、伶は眉を微かにひそめる。今西は慌てて正面に向き直った。

「俺たちのグループのプランは――こちらです」

スピーチを担当する井藤が、一歩前に進み出る。

プレゼンシートに描かれていたのは、この家の一階・二階それぞれのリフォーム図に加え、もう一つ――今西も見覚えのないマンションのプランだった。

「予算は気にしなくて良い、とのことでしたので、基本的な構造だけを残し、ほぼすべて作り替える内容になっています」

井藤らのプランは、外壁や構造上取り除けない柱以外のすべてを壊し、取り除いた上で、まったく新しいレイアウトで家を建て替えるというものだった。

「邪魔なスロープは螺旋階段ごと取り除き、リビングスペースをさらに確保。バランスの悪いそれぞれの部屋の広さも、なるべく均等にして使い勝手を良くしています」

部屋の数は以前と同じだが、階段を廊下側の一つに減らし、個々の部屋を同じ広さにすることで、汎用性が高い空間を多く確保していた。

「設備はすべて最新のデザイン・機能のものに変更。薄汚れたり古くなった部分は、一つ残らず刷新しています」

井藤は一旦言葉を切り、伊豆野をちらと見やる。

「いくらコスト度外視だとしても、やり過ぎだと思ったんじゃないですか？」

挑発的な表情を浮かべ、井藤は居並ぶ一同を見回す。学生らの中には「確かにやり過ぎだ」という声や、「非現実的だ」と言った声が上がり始める。

「俺が、こんなプランを考えた理由。それは、この家を『貸す』ことを想定しているからです」

ざわつき始めていた空気が、井藤の意外な言葉で一変する。

「それが、この三つ目の図面と関連していると？」

伊豆野も興味深げに続きを促す。

「はい」

井藤は自信満々にうなずく。

「こちらは、小林夫妻が新しく暮らすマンションの一例です。この家よりも狭くはなりますが、二人暮らしにはむしろ最適なサイズといえるでしょう。この家を他人に貸すことで家賃が相殺され、さらに収入が上回る可能性すらあります」

井藤の語り口は、今西が聞き覚えのあるものだった。

「あなたの代わりにフルールに入ったのが、彼なのよ」

伶が若干顔をしかめながら、つぶやく。

「それで、か」

色々と腑に落ちつつも、今西は複雑な感情を込めた視線で井藤を見やる。

「——正直、どれだけ使いやすくリフォームしても、年配のご夫婦二人が暮らすにはこの家は広すぎます。最も広い子供部屋を持てあましているなんて、実にもったいない。奥さんも掃除が大変でしょうし、ねえ？」

井藤はそう言って安江を見やるが、彼女は少し困ったように微笑むだけだった。

「旦那さんの退職金でリフォーム費用はまかなえるでしょうし、毎月家賃の差額が収入として入ってくる。マンションに引っ越せば、いまよりもっと暮らしやすくなる。まさにいいことずくめじゃありませんか？」

一同に向け、井藤がそう言い放つと、先ほど不満の声を漏らしていた学生からも、感心したような反応が返ってくる。

「以上が俺たちのプランです。ああ、実際に使いたくなったら、ちゃんと俺に許可とってくださいよ？」

茶化した仕草でそう締めくくる井藤に、笑い声が上がる。

「『バリューアップ』という視点を取り入れたのは、なかなか興味深かったな。費用対効果の概念は、実務設計の場では不可欠だ。皆も、今後しっかり勉強するように」

伊豆野がにこやかにそうコメントすると、女性メンバーが黄色い声をあげながら井藤を取り囲む。

「ふん、女に囲まれて偉そうにしやがって」

羨ましげな視線を送る松永が、隣に座る明里に睨まれている。

「…………」

しかし、今西にはそれよりも気になることがあった。

伊豆野の隣で笑みを浮かべる安江――いままでのプレゼンでは、短いながらも何かしらコメントを添えていた彼女が、今回は無言のままだった。

「次の発表が最後だ。喜多村・今西・松永・香椎グループ」

「はい」

立ち上がった伶は、小声で今西に確認する。

「……本当に私でいいの？」

「プランのほとんどを考えたのは伶だろ？　俺は裏方のほうが向いてるしな」

プレゼンシートを手に、今西は笑みを返す。

「……そう、分かったわ」

小さくうなずいた伶が、壇上を前に進み出る。

「私たちが考えた『リノベーション』プランは――こちらです」

伶はあえて「リフォーム」ではなく「リノベーション」という言葉を使った。今西が前もって頼んでおいたことだ。

「…………え？」

提示された図面を見て、学生らから疑問の声が上がる。

当然だ――二枚の平面図は、以前とまったく変わっていないのだから。

「この家は、小林夫妻が大事に使っていらしたのか、補修や交換が必要な箇所というのは一切見当たりませんでした。そこで私たちは、あえて住まいそのものに手を付けず、その使い方を変更するアイデアを提案します」

伶の合図で、今西が部屋の用途が書かれたシールをはがすと、

――『書斎』が『物置』へ、『応接間』は『書斎』へと変化した。

「二階の本棚やデスクを一階応接間に移し、書斎として使っていただきます。元々、あまり応接間は使用されていなかったようですので、この広いリビングダイニングを応接兼用とすれば問題ないはずです」

どれだけ駆体がしっかり作られていても、やはり重量がある本を大量に置くのは一階のほうがいい。寝室と書斎の動線も短くなり一石二鳥だった。

「書斎だった部屋は『物置』となっているが、隣の子供部屋は、どのように活用するつもりかね？」

プランを見た伊豆野から質問が飛んでくるが、伶は冷静に言葉を返す。

「私たちのプランでは、子供部屋をあえて『空室』のままにしました」

学生らの間から、戸惑いの声が上がる。

「……その意図は？」

伊豆野に促され、伶ははっきりと告げる。

「――住み手である小林さん夫妻が、そう望んでいらっしゃるからです」

伶の言葉に、安江が驚いた表情を見せる。彼女へ微笑みかけると、伶は改めて言葉を続ける。

「通常、息子さんが家を出た後の子供部屋は、ご両親どちらかの自室としてお使いになるか、半ば物置のようになるのが一般的です。このお家のように、残された家具が少ないのなら、なおさらです」

すぐ隣の書斎は、本棚に収まりきらない本で溢れていたにもかかわらず、彼らは空いた子供部屋を体の良い物置として使うことは、決してしなかった。

「息子さんが家を出たときのまま、掃除も欠かさず、部屋を残しておく――それは、あの部屋、この家を、いつまでも息子さんが帰ってくる場所として残しておきたいからではないでしょうか？」

今西が押し入れで発見したモノ――それは、新品のように綺麗な布団一式だった。

あれは、家を出る際にベッドを持っていってしまった息子のために用意されたものだろう。そう今西は想像した。

「離れた場所で暮らす息子さん家族が、この家に遊びに……いえ、帰ってきたときに彼らを迎える場所。それがこの家であり、あの部屋なのです」

今西が押し入れで発見した布団は、二組あった。

「マンション住まいの方にとって、一戸建ての開放感、安心感は格別です。それがご自身の実家であるなら、ことさらに感じるでしょう」

この家は、小林夫婦がまだ小さかった一人息子のためにと用意した『おもちゃ箱』。それは、孫の代に受け継がれても同じだ。

「――私たちのプランは、これで終わりではありません」

伶のその言葉に合わせて、今西がプレゼンシートをもう一枚めくると、新たに描かれた図面が姿を現した。

「『物置』が、今度はもうひと組の夫婦の寝室へと姿を変え、子供部屋はふたたび本来の役割を取り戻します。現在旦那さんの車が停まってらっしゃる駐車場は、レイアウトを工夫すれば車二台分のスペースが確保できそうです」

夫婦の寝室が計二つ、子供部屋が一つ。そして、二台分の駐車場。

大人数でも問題ない広いリビングダイニングを中心に、一階と二階で二つの家族が共に暮らせる家――。

「これは、息子さん家族がいつかこの家に引っ越してくることを想定して考えた『二世帯住宅』のプランです」

現在の住まいと同じ沿線上であるこの家なら、彼らの通勤にもさして影響がない。なにより、小さな子供の世話を両親と助け合えるのは、共働き夫婦にとってはありがたいことのはず――そう伶は語る。

「息子さんたちが帰りたくなる家、そして、新たな『宝物』を皆で育(はぐく)むための家――これが、私たちのプランです」

プレゼンをそう締めくくった伶はゆっくりと一礼し、深々と頭を下げた。

しんと静まりかえる空間。やがて、伊豆野が小さく拍手を始めると、それが次々と周囲の学生にも伝播(でんぱ)していき、今西たちは割れんばかりの拍手と歓声で包まれる。

「…………ありがとう。本当に、ありがとうね」

口元を押さえた安江の小さなつぶやきが、彼らにとってなによりの賛辞であった。

Note 03_ 小林邸

提案プラン：各部屋の使い方を変更するアイデアを提案

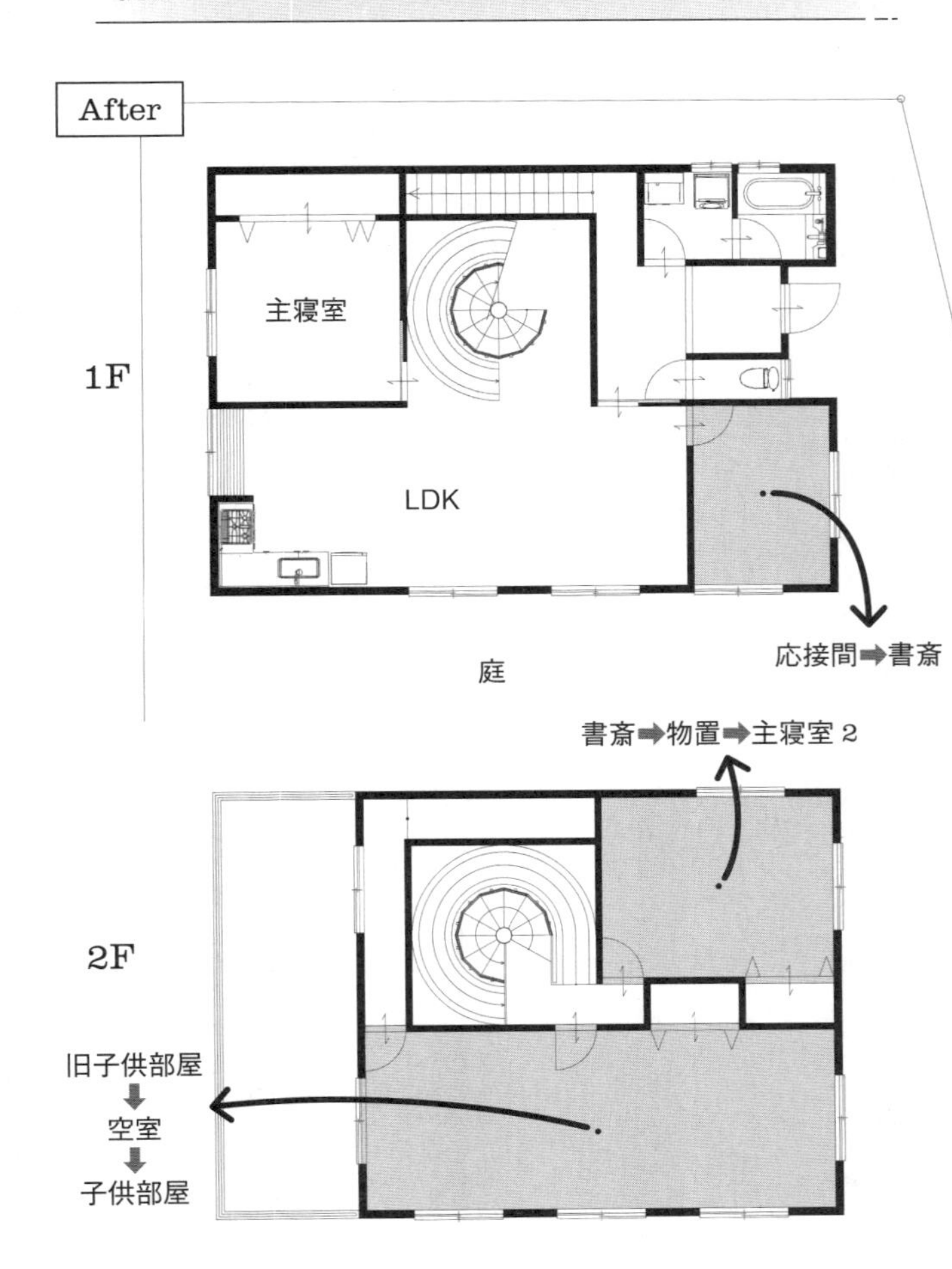

6

「――いやいや、こんなに充実した授業は、大学入ってから初めてだな」

小林邸からの帰り道、空を覆う薄い雲が茜色に染まる中、大きく身体を伸ばしながら松永がつぶやく。

「例の『賞品』はどうするかなぁ……」

「ほとんど役に立ってなかったのに、なにムシの良いこと言ってるのよ」

「お、俺だって先生に頼み込んで制限時間を延ばしてもらったりしたじゃないかっ」

「……プレゼンと関係ないじゃないの」

興奮冷めやらぬ様子で、わいわいと盛り上がる松永と明里。

「ははは……」

二人を後ろから眺めていた今西に、伶が声をかける。

「あなたのおかげで、見当違いなプレゼンをせずに済んだわ」

「具体的なプランを考えたのは伶じゃないか。アイデアをちょっと出しただけの俺なんて、何もしていないも同然だ」

今西が他にやったことといえば、伶が描いたスケッチを急いでプレゼンシートに清書したことだけ。アイデアだって薫子のアドバイスがなければ出なかった。今西はそう考え、自嘲めいた笑みを浮かべる。

その場にぴたりと立ち止まった伶は、今西をじっと見つめ、小さく溜息を吐く。

「少しは変わった――戻ってくれたのかと思ったけれど……」

「どういう意味だ？」

伶は答えず、スタスタと先へ歩き出す。

最後に喧嘩したときもあんな表情をしていた。そんなことを今西はふと思い出す。

「…………はぁ」

口から弱々しい空気が漏れ出す。せっかくプレゼンで一位をとることができたのに、今西の気分は落ち込んでいくばかりだった。

「伶のプラン、すごかったな……」

夫妻の一人息子が帰りたくなるような家、という今西のアイデアを元に、リノベーションの段階を二つ分け、二世帯住宅にまで持っていくプランを考え出した伶。

薫子とはまた違った、彼女らしい合理的かつ繊細なプラン。どちらも今西では考えつかないものだった。

「……やっぱり、才能ってやつかな」

安江が浮かべていた、心から満足げな笑顔を今西は思い出す。

――あんな笑顔を俺だけの力で生み出せる日は、はたして来るのだろうか。

　そのとき、スマホから着信音が鳴り、今西の思考を中断させる。

『ち、チュン、助けてぇ……』

　電話の向こうから聞こえるのは、薫子の涙声。今西は何事かと慌てる。

『掃除が……、事務所の掃除が終わらないのよぉ……』

　蔵書の虫干しまで行っていたという月見里が、これから本格的な大掃除に取りかかろうと張り切っているという。

『このままじゃ、私は今日どこで寝ればいいのよぉ……』

　薫子の項垂(うなだ)れる様子が、今西の脳裏(のうり)に浮かぶ。最近になってしばしば見かけるようになった彼女の姿に、身体から自然と力が抜けていく。

「こっちはもう終わりましたから、これから事務所に向かいますよ」

　途端に薫子の声が弾む。なるべく早く行くと伝え、今西は電話を切った。

「…………できることくらいは、しなくちゃな」

　どんなことでも、与えられた役割があるのはありがたい。今西は答えの出ない問いから離れ、目の前の問題を片付けるべく歩き出す。

　いつの間にか空は厚い雲に覆われ、瞬(またた)く星の一つも見ることは叶(かな)わなかった。

Note 04 建築がつなぐもの

1

蝉(せみ)の声が耳に届き始めた、初夏のある日。薫子(かおるこ)たちは新しい依頼人と共に、最寄り駅から遠く離れた目的地へと向かっていた。

「——不動産は私にとって、最良の投資対象よ」

薫子と連れだって歩くスーツ姿の細身な女性——久遠葵(くおんあおい)は、長い黒髪を指先で弄(もてあそ)びながら強い口調で答える。

「狩生(かりゅう)さんとは、ライバル関係といった感じで?」

「あの人とじゃあ、ビジネスの規模が違いすぎるわ。私はしがない個人投資家よ」

大手IT企業に勤めるかたわら、株式投資で一財産築いた葵は、投資対象を不動産へと移し、個人としては埒外(らちがい)の利益を上げていた。

「賃貸経営が主なあの人と違って、私は購入した不動産をなるべく早く売却するようにしているの。ちょっとした手を加えてね」

葵は購入した物件を右から左にそのまま転売するのではなく、なるべく高く売却できるよう手を施したうえで、最大限の利幅を得ることを常としていた。

「今回は、どうして私どもに依頼を？」

「いままで頼んでいた業者は、正直、どこもセンスがいまいちだったのよ。安く請け負ってくれるし、あまり伝もないから、仕方なく妥協していたのだけれど……」

これをいい機会にと、物件を紹介してくれたユカリママに新しい設計者を薦めてもらったのだ、と葵は語る。

「あの狩生さんが名指しで推薦する建築士、期待しているわよ」

「ご期待に応えるよう、精々尽力させていただきます」

挑発的な視線を向ける久遠に、薫子は笑みを返す。

「…………投資対象、か」

後ろを歩く今西は、談笑する二人をじっと見やる。

建築を投資対象——悪く言えば、金儲けの道具としてしか見ていない依頼者の案件。

ユカリママの紹介とはいえ、薫子がこういった依頼を受けるとは思っていなかった今西は、複雑な表情を浮かべる。

「のどかでいいところですねぇ」

そんな彼の心境を知ってか知らずか、隣を歩く月見里が周囲を見回しながら、大きく深呼吸をする。

「……そうですね。交通の便もそこそこいいですし、暮らしやすそうです」

今西は、素直な感想を口にする。

ここ数年で急激に開発が進んだ駅周辺とは異なり、少し歩けば昔ながらの風景を色濃く残す街並み。のどかな田園風景に、ぽつりぽつりと高層マンションが生える光景は、どこかシュールさを感じさせていた。

「今回の依頼物件って、ああいったマンションなんですか？」

その中の一棟を指さしながら、今西が尋ねる。

「いえ、戸建てだと聞いていますね」

個人の不動産投資家というと、都心のワンルームマンションがよくイメージされるが、一般的な戸建て住宅を対象とするケースも少なくない、と月見里は説明する。

「バリューアップリフォーム、か」

今西の脳裏に浮かぶのは、課外実習で井藤らが提案したプラン。そして、バリューアップリフォームを得意とする、かつての職場……、

「少々遅れてしまっているようです。急ぎましょう」

月見里の呼びかけに今西が顔を上げると、薫子と葵が前方で立ち止まっている様子が目に入る。

「……はい」

今西は頭の靄を振り払うと、駆け足で彼女たちのほうへ向かった。

＊

「――これが、今回の依頼物件ですか」

とある住宅の前で立ち止まった一同は、外観をゆっくりと見上げる。

鬱蒼と雑草が生い茂るなか、ひっそり佇む平屋建ての木造住宅。いわゆる『古民家』と呼ばれる建築だった。

「大正末期か昭和初期に建てられた切妻平屋ですか。なかなか趣がありますね」

薫子のつぶやきに、葵は小さく溜息を返す。

「ただの古くさいボロ家よ」

木肌が剥がれた外壁など、ぱっと見でもあちらこちらに傷みが見受けられ、独特の迫力が感じられる日本家屋。

「…………」

近所にあったら「お化け屋敷」なんて呼ばれていそうだな、と今西は感じた。

「……あら？」

玄関扉に手を掛けた葵が首をかしげる。古くなった戸の立て付けが悪く、女性の力では開かなくなってしまっていたのだ。

「俺がやりましょうか？」

今西がそう提案し、一歩前へ進み出るが、

「力任せにやると壊れてしまうかもしれないわ。こっちに来て」

そう言って、葵は皆を裏庭へと促す。

「あれは……」

薫子の視線が、あるものをとらえる。

「――応接間、でしょうか」

家屋の大きさに比べて、贅沢と言えるほど広大な庭。まったく手入れがされておらず、雑草がうずたかく生い茂るその奥に、小さな建物があった。

母屋（おもや）に隣接するように建つ六角形の小屋は、純和風なつくりの母屋に比べ、ペンキ塗りの外壁や飾り柱、大きな出窓など、洋風な意匠が端々（はしばし）に見られた。

「ここからも中へ入れるわ」

応接間には、庭から直接出入りできる小さな戸が付いていた。葵はもう一つの鍵を取り出すと、ガラス扉の錠前を開ける。

「さあ、どうぞ」

一同は応接間へ上がった。

板間はそこかしこがささくれ立ち、ペンキも剥がれている。無造作に置かれたテーブルと椅子も、アンティークというより、ただただ古いだけ、といった具合だ。

古くさいボロ家、と葵が口にしたのも無理はない――そう今西は感じた。

「居間はこっちよ」

葵が母屋につながる廊下へと足を向ける。

「男性の方は天井が低いから気をつけて」

180センチ以上ある月見里だけでなく、今西でさえも頭をぶつけてしまいそうなほど狭い廊下。光もあまり入ってこないため一同は慎重に歩を進めた。

「わぁ……」

廊下を抜けると、一同の目の前に開放的な空間が姿を現した。

切妻屋根の形がそのまま分かる高い天井。かすかにい草の香りが感じられる広い畳部屋に、庭から豊富な光が降り注ぐ様は、まるで洞窟から外界へ抜け出したような感覚を与えていた。

「キッチンの向こうに、もう一部屋。廊下を挟んであと二部屋あるわね。まだ図面を受け取っていないから、届いたらそちらにも送るわ」

葵は簡単な間取りを説明する。

「水道や電気は使えるようにしてあるから、設備の確認等はご自由にどうぞ。後日あらためて現場調査をしたいということなら、合い鍵を渡しておくわ」

「ご協力感謝します」

応接間から出入りする鍵を受け取った薫子が、周囲を見やりながらつぶやく。

「こちらも、応接間ほどではないにせよ補修が必要な箇所が多くありそうですね」

「そうね。さっきの玄関扉なんかは、いますぐにでも直したいくらいだわ」

そんな話を聞いて、今西はふと思いつき手を上げる。

「あの……、よかったら俺が直しましょうか？」

「あなたが？」

以前、実家で似たような木製引き戸を修理したことがあった今西は、よほど酷い状態になっていなければ、動くようにできるのでは、と考えた。

「どのみち後でリフォームするのだから、余分なお金は払えないわよ」

葵はそう言って眉をしかめる。せっかく親切心で申し出たのに、と、今西は葵に対し軽い反発を覚える。

「……それで結構です」

「そう。ならお願い。とりあえず開け閉めできるようにしてくれればいいわ」

「はい」

いまは道具の持ち合わせがないため、後日時間のあるときに、ということで、今西は葵から玄関の合い鍵を預かる。

「あらあなた、指から血が出ているわよ」

「え？」

今西が鍵を受け取った手を見ると、親指の先が少し切れていた。どうやら先ほどの狭い廊下を通る際に、どこか木がささくれていたところに引っかけたらしい。

「このくらい大丈夫ですよ」

「何を言ってるの、傷口からばい菌が入ったら大変じゃない」

葵はハンドバッグからシンプルな絆創膏（ばんそうこう）を取り出し、今西に手渡すと、廊下の奥を指さす。

「洗ってくるといいわ。廊下の突き当たりに洗面台があるから」

「わ、分かりました」

先ほど受けた印象とは異なる、葵の意外な面倒見の良さに、今西は戸惑いながら、言われた通り手を洗うべく居間を後にした。

「……あれ？」

しかし、廊下の突き当たりには何も存在しない。今西が仕方なく途中にあったトイレのドアを開けてみると、便器の横にキャビネット一体型の手洗い設備を発見する。

「よし、これで……」

狭いトイレの中で少々難儀しながら、今西はしっかりと指を洗い、葵からもらった絆創膏を貼り付けた。


「――それで、久遠さん。今回の依頼内容ですが……」

居間に戻ると、薫子が真剣な表情で葵と向き合っていた。リフォームか、リノベーションか。重要な問いが投げかけられる。

「そんなもの、どちらでもいいわ」

高い天井を見上げながら、葵はぽつりとつぶやく。

「この建物が持つ価値――それを最も高めるプランを考えて頂戴」

2

翌日。ユカリママに留守番を頼まれた今西と月見里は、Ｅｎｎのカウンターで今回

Note 04_？？邸

依頼内容：この建物が持つ価値を最も高めるプラン

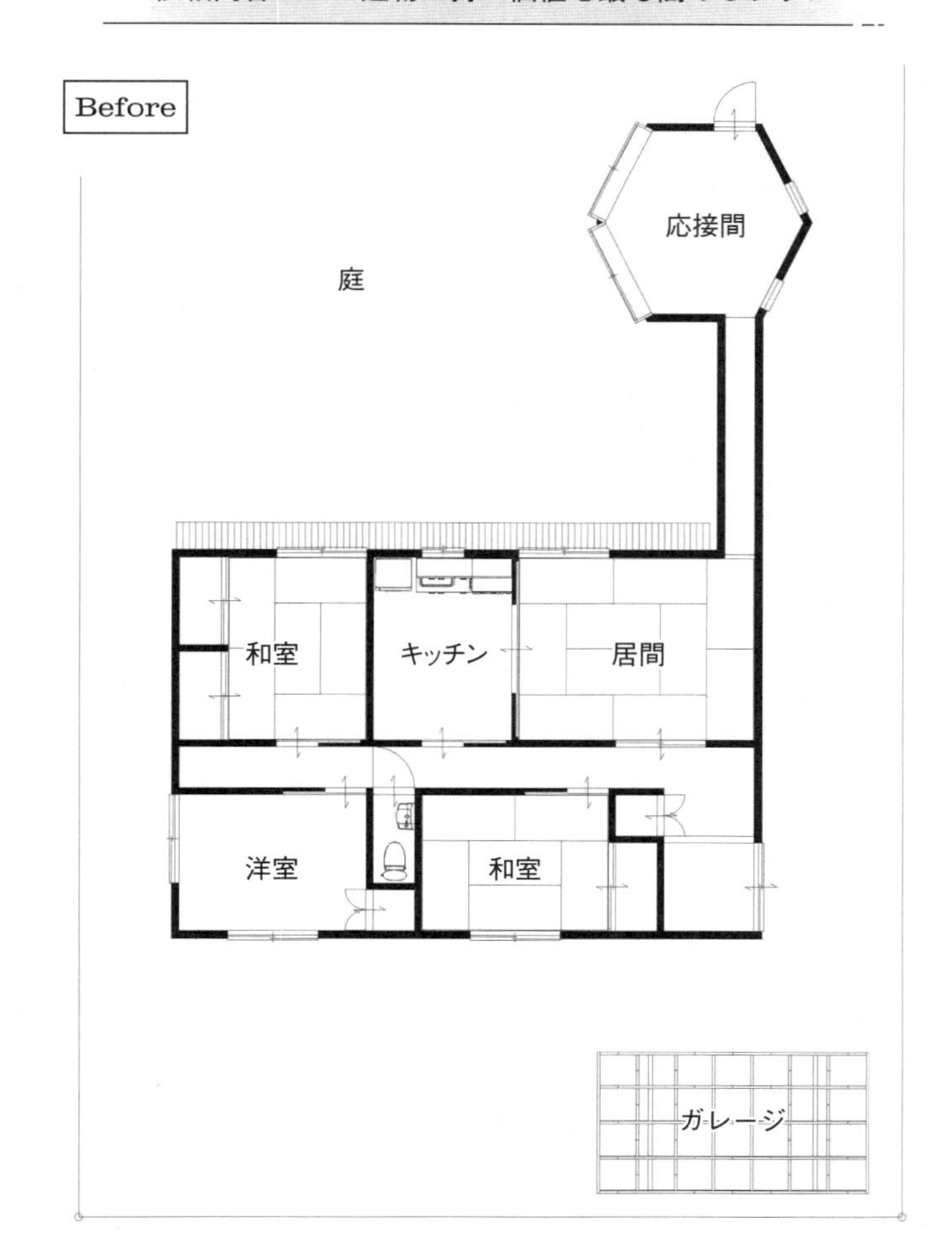

の依頼内容を思い返していた。

「……建築の価値って、一体なんでしょう」

そんなつぶやきが、今西の口から漏れ出す。

「投資的な観点からすると、かけたコストに対してどれだけ多くの利益を生み出せるか、といったところでしょうか」

コーヒー豆の在庫チェックをしながら、月見里が答える。

「例えば、商品価値を高めるために、利用者のニーズが高いプランを考える――目を惹く最新設備の導入や、流行りの間取りなどが分かりやすいですね」

「ニーズが高いプラン、ですか」

「ただし、最新トレンドを追うやり方は一時的な価値向上には大いに貢献しますが、常に更新し続けなければすぐに飽きられてしまう欠点があります」

それでも、葵のような売却前提の不動産投資家にとっては、それなりに有効な手法なのだと月見里は付け加える。

「いままでも、音無さんが投資用物件の依頼を受けたことってあるんですか？」

「私がここに来てからはなかったと記憶していますが、特に避けているわけではないようですよ。実績のない頃は、ユカリママの紹介でそういった仕事を主になさっていたようですし」

「そうですか……」

今西は宙を見上げる。現場調査から戻ってすぐ、薫子は事務所に籠もり、ひたすらプランを描き続けている。先ほど届けた昼食も、手を付けていないかもしれない。

「睡眠くらいは、しっかりとっていただきたいのですがねぇ」

心配そうな表情を浮かべ、月見里が嘆息していると、

「………ふわぁ」

ちょうど話題に上がっていた薫子が、目をこすりながら降りてきた。

「月見里、濃いめのコーヒーお願い……」

「かしこまりました」

いかにも徹夜明けといった表情で、カウンターに腰を下ろす薫子。

「その調子ですと、難航していらっしゃるようですね」

「必要な情報がまったく足りてないわね……」

月見里が差し出したコーヒーを一気にあおり、薫子は振り返る。

「チュン、玄関扉の修理っていつ行くのかしら？」

「え、ええと、明日は講義が午前中で終わるので、その後に行こうかと……」

今日の帰りにでも必要な道具を揃えようと考えている、と今西は告げる。

「月見里も行くのよね？」

「ええ。今西君を、車でお送りするつもりでしたので」

よろしい、とつぶやき、薫子は立ち上がる。

「私は、これからちょっと出かけてくるわ」

「我々もお供しますか？　もう少しでユカリママも戻られますので」

「いいえ、二人は現場に行く前に、もう一度図面を確認しておいてちょうだい。どうやら、もらった図面といまの状態に、少し食い違いがあるみたいだから」

そう言い残し、薫子は行き先も告げず店を飛び出した。

「……元気ですね」

「調子が良いときは、三日くらい徹夜していますからねぇ」

二人は感心とも呆れともつかない溜息を吐き出したのだった。

3

次の日。今西は月見里と共に、依頼物件である古民家へと向かった。

「では、僕は駐車場に車を停めてきますので」

ガレージの鍵を借り忘れてしまったため、月見里は今西を降ろし、近くの駐車場を探しに向かった。

「早速、修理に取りかかるとするか」

今西は玄関扉の鍵を開け、試しにと、引き戸を動かしてみる。するとかなりの抵抗があるが、男の力ならなんとか開け閉めができそうなことが分かる。

「戸車がすり減っているのか……」

戸を取り外し、持ってきた戸車の中でサイズが合う物を選び、手早く取り付ける。若干歪んでいた箇所は高さ調節ねじで合わせておいた。

「よっと」

敷居も若干凹凸が見受けられたので、滑りが良くなるよう、念のため戸滑りテープを貼っておく。

「よし、完成だ」

戸を元に戻すと、今度はスムーズに開閉できる。戸枠自体が本格的に歪んでいたら丸ごと新しいものに交換しなければならなかったが、そうならずに済んでよかった。今西は一安心した。

「さて、と」

すぐ近くに適当な駐車場がなかったらしく、月見里はまだ戻ってこない。今西は直したばかりの扉を開け、図面を手に玄関へと足を踏み入れた。

「――この部屋は床がフローリングになってます、と」

図面と実際の差異を確認し、赤ペンで注釈を加えていく。

渡された図面は、何代か前のオーナーが作成したものらしく、薫子が指摘した通り実際の仕様と異なる部分がいくつか存在していた。

「これだけ古い家だから、そりゃあ前の住人も手を加えてるよな」

建築は変化するもの――そう薫子が言っていたことを、今西は思い出す。

「ガレージも、ついでに写真を撮っておくか」

そろそろ月見里も戻ってくるだろうと、今西は一旦外に出ることにした。

*

「あら、あなたは確か……」

「あ、どうも」

今西がガレージの写真を撮影していると、通りの向こうから数名を引き連れた葵がやってくる。

「玄関扉、直しておきました」

「へえ、もうやっておいてくれたのね」

「ええと、そちらは……」

葵と共にやってきた一団に視線を向けた今西の瞳が、大きく見開かれる。


「――誰かと思えば、今西クンじゃないか」


一際目を惹く容貌の男が、意外そうな表情を浮かべる。

「……御子柴さん」

御子柴誠也――建築アトリエ『Fleur』のトップデザイナーにして、今西の元上司。後ろに並ぶ面々も、見覚えのあるスタッフたちばかりだった。

そして――

「れ、伶……」

一団の最後尾には、他のインターンと共に資料を抱えて立つ伶の姿もあった。彼女も、今西がこの場にいることに驚いている様子だった。

「お知り合い？」

ただならぬ雰囲気を見てとった葵が、怪訝そうな表情で両者を見やる。

「彼は、以前ウチでインターンとして働いていたんですよ」

「ふぅん、すごい偶然ね」

「それよりも、どうして彼がここに？」

「いまは別の事務所で働いている、ということかしら。先日、他のスタッフさんと一緒にこの物件を案内したのよ」

葵の説明を聞いて、御子柴の後ろにいた男――石井がニヤニヤと口元を歪める。

「へぇ、お前みたいな根性ナシを雇う事務所があったとはな」

「っ」

攻撃的な言葉を投げかけられ、今西の身体がこわばる。

「……石井、言葉が過ぎるぞ」

御子柴は軽くそうたしなめると、葵に向き直る。

「いや、ほんの数ヶ月でろくに理由も説明せず辞めてしまったので、石井も腹に据えかねていたようで。お恥ずかしいところを見せてしまい申し訳ありません」

「別に、気にしてないわ」

「……ふん」

口をつぐんだ石井は、なおも挑発的な視線を送る。御子柴も若干非難の色が混じる瞳を今西に向けている。

「…………」

助けを求めるように彷徨(さまよ)わせた今西の視線が、伶の瞳と交錯し、

「っ」

すぐに逸らされた。

「どうした？　何か言ったらどうなんだ？」

石井がなおも挑発を続けようと、一歩踏み出した、そのとき、

「――ウチの大事なスタッフを、あまり虐(いじ)めないでいただけませんか？」

一団の後ろから現れたのは、涼しげな笑みを浮かべた月見里だった。

「月見里さん……」

「遅くなってすみません。いやあ、なかなか空いている駐車場が見つかりませんで」

突然姿を現した月見里に、御子柴らの表情が固まる。

「御子柴君、お久しぶりですね」

「……こんなところで会えるとは、思ってもみませんでしたよ」

微笑みかける月見里に、御子柴は苦々(にがにが)しげな表情を浮かべる。周囲のスタッフも、揃って気まずそうな顔つきだった。

「知り合い……だったんですか?」

　小声で問いかける今西に、月見里は「ええ」と小さく返す。

「昔少し、ね。それよりも、どうしてフルールの方々がこちらに?」

　話を振られた葵が、口を開く。

「――今回の依頼。あなたたちの事務所とフルールの両方にプランを出してもらおうと思っているの」


「え……」

　双方にプランと見積もりを提出させ、より内容が優れていたほうに仕事を依頼する。提案自体は無料で行うため、仕事が取れなければ作成したプランは無駄になり、タダ働きとなってしまう。

「こちらは高いお金を掛けて、やり直しのきかない工事を依頼するんだから、少しでも確かなところを選ぶ権利があるわ」

　以前の業者は喜んでやってくれたと葵が言い、フルールの面々もそのくらいのサービスは当たり前だとうなずく。しかし、月見里は困った表情を浮かべる。

「まいりましたねぇ……。相見積もりを考えていらっしゃったのなら、あらかじめそうおっしゃっていただかないと」

　薫子さんにどう説明しましょうか……と月見里が頭を悩ませていると、彼のスマホから着信音が鳴り響く。

「——もしもし、薫子さんですか」

　電話は薫子からだった。

「ええと、少し困ったことになりまして……」

　今回の依頼が、フルールとの相見積もりになる旨を説明した月見里は、意外そうな表情を浮かべる。

「……はい、はい。承知しました」

　通話状態のままスマホから耳を離すと、月見里は一同を振り返る。

「——いっそのこと、『プレゼンコンペ』で決めればどうか？　だそうです」

　提案書を別々に取り、互いのプランや見積もりを確認できない状態で判断するのではなく、一堂に会してプレゼンをする場を設けたらどうか、というわけだ。

「プレゼン勝負で、ウチに勝てると？」

　御子柴が挑発的な視線を月見里に向ける。

専門のスタッフを置くほどプレゼンテーションに力を入れているフルールとしては、薫子がわざわざ自分に不利な条件を提示してきたようにしか思えなかった。

「久遠さんさえよければ、とのことですが」

月見里が水を向けると、葵はうなずく。

「日時や場所は、こちらで指定していいのかしら？」

「ええ、構わないそうです」

コンペは一カ月後、あの応接間で行われることが決まった。

「今西君」

月見里はスマホを今西に手渡す。

「薫子さんからお話があるそうです」

「俺に、ですか？」

首をかしげながら、スマホを受け取る今西。

「……もしもし」

『チュン』

電話の向こうで告げられた薫子の言葉に、今西の頭が真っ白になった。

『――今回のコンペ、あなたがプレゼンをやりなさい』

4

数日後。朝早くから依頼物件に一人足を運んだ今西は、静寂に包まれた居間でぼんやりと宙を見上げていた。

「……コレが、音無さんが考えたプランか」

手元にあるのは、この居間が描かれた図面。そこには薫子のリノベーションプランの一端が記されていた。

視線を上げると、屋根裏や梁がむき出しになった開放感溢れる天井が広がる。薫子のプランではそこに蓋をするように、化粧合板の新たな天井が設けられていた。

「なぜ、わざわざ天井を低くするんだ……？」

現在の高い天井が気に入っていた今西にとっては、まったく意味不明のプラン。しかし、薫子はその意図を彼に解説してくれなかった。

「リノベーションを読み解け、か」

今西は薫子と交わした電話を思い起こす。

『はぁ⁉　俺がプレゼンをやるって……』

『大学の課題でコンペをやったって言ってたわよね。しかも一位だったんでしょ？』

『い、いや、あのときプレゼンを担当したのは俺じゃなくて……』

『それにアナタ、前はフルールにいたんでしょ？　あそこの仕事を間近で見ていたんなら、大まかなプレゼンのやり方くらいは分かるはずよ』

『で、でも、今回の相手はそのフルールで……』

『――チュン』

『っ』

『本当にこのままでいいの？』

『……何が、ですか？』

『言葉どおりよ。こんな機会、そうそうないわよ』

『それは……』

『プランを考えるのは私。アナタはそれを説明するだけ。簡単でしょ？』

『…………』

『できるわね？』

『…………分かり、ました』

『あっ、ちなみに図面は渡すけど、私からプランの解説をするつもりはないから』

『え？』

『私のリノベーションを読み解くの。できるわね？』

『え、え？　ちょっと……っ』

『じゃあね』

『ちょ、音無さん――』


その後、事務所へ戻った今西に送られてきたのが、いま手にしているこのリノベーションプランだった。

薫子はあれから一度も事務所へ戻っておらず、電話も留守電になっている。

「……どうすりゃいいんだよ」

こうして現場を訪れてみても、プレゼンの糸口すら摑めない。

「はぁぁぁぁ………………」

畳の上にごろんと寝転がり、大きく深呼吸する。胸一杯にい草の香りが広がり、身体中の筋肉が弛緩(しかん)していく。

開け放たれた縁側から心地良い風が通り抜ける。今西はどこか懐かしさに似た感覚を味わいながら、幾分か気持ちが軽くなるのを感じた。

「――なにやってるの？」


今西が顔を上げると、庭先から居間を覗き込む伶の姿が目に入った。

「伶？　どうしたんだ？」

縁側で靴を脱いだ伶が、居間に入ってくる。

「御子柴さんに言われて、プレゼンの素材集めに来たのよ。そういうあなたこそ、そんなところで寝転がってどうしたの？」

今西は、恥ずかしいところを見られたと、誤魔化すように口を開く。

「畳って、やっぱりいいもんだなと思って。なんだか実家を思い出したよ」

「……よく分からないわね」

首をかしげた伶は、バッグからタブレットを取り出し、水平に掲げる。

「なにやってるんだ？」

「動画を撮っているの。あなたもフルールにいた頃は、やっていたでしょう？」

フルールでは、プランが決定する前からプレゼン用に様々な素材を集め始める。今西も石井らに命じられて、様々な動画や写真を撮りに行ったことを思い出す。

「む」

タブレットで居間を撮影し始めた伶だったが、思ったように上手くいかず、何度も撮り直しては確認を繰り返している。

「……貸してみな」

「え？」

見かねた今西は、伶からタブレットを取り上げる。

「タブレットって意外に重いからな。ブレのない動画を撮るなら、力のある男がやったほうがいい」

代わりに撮ろうか、と今西は提案する。

「……いえ、これは私が任された仕事だから」

そんな彼の申し出を、一旦は拒否しようとした伶だったが、

「写真も大量に撮らなきゃいけないんだろ？　日が高いうちに終えたほうがいいぞ」

なるべく多くの素材が必要である以上、今西の協力を断る理由はない。撮ったデータを分けてくれればいいという彼の提案を、伶はのむことにした。

「……ありがと」

小声でつぶやかれたそのひと言に、今西の頬は自然と緩んだのだった。

＊

それからしばらく、二人は協力して室内の様々な箇所を撮影して回った。それぞれの部屋ごとに全景と細部の撮影を行い、気になった点はメモしていく。

「あとは、応接間だけね」

居間から始まり、各部屋を回った二人が、残された応接間へ足を運ぶと、

「――あら、あなたたちも来ていたの」

そこにいたのは、依頼人である久遠葵だった。

「いつの間にいらしてたんですか？」

「ついさっき。ここ、会社から近いのよ」

気分転換に昼食をと思って、と葵はバッグからランチボックスと水筒を取り出す。

「昼か……」

「私はお弁当を持ってきてるけど、あなたは？」

そう尋ねる伶に、今西は朝方コンビニで買ったものがあると答える。

「ご一緒してもよろしいですか？」

怜がそう尋ねると、こんなボロでよければ、と葵は空いた椅子を指さす。

「じゃあ、俺もメシ取ってきます」

即席の昼食会となった。


「そのお弁当、あなたが作ったの？」

「一応は。久遠さんもご自分で？」

「こう見えて、料理は得意なのよ」

互いの弁当箱を覗き込みながら、二人は料理談義に花を咲かせる。

「………………」

早々に買ってきたパンを食べ終えてしまった今西は、彼女らの許可を取り、室内の様子を動画撮影していた。そこかしこに傷みが目立つ、うら寂しい雰囲気の建物や家具だったが、見目麗しい二人の姿が、そんな印象を和らげているように感じられた。

「そちらの水筒は、紅茶ですか？」

葵は、無言で水筒に付いていた予備のカップに中身を注ぎ、怜に差し出す。

「いただきます」

カップに口を付けた怜は、目を丸くする。

「……美味しい」

「紅茶には結構うるさいのよ。昔、祖母に厳しく躾けられてね」

葵はそうつぶやき、苦笑する。

「そんなに美味いのか？」

「ええ、ほら」

タブレットを室内全景が撮れる出窓に置いた今西は、伶からカップを受け取る。そして一口飲むなり、その香り高さに驚いた。

「これ、ウチの店で出してるのと同じくらい美味いですよ」

「……店？」

首をかしげる伶に、今西は事務所の一階が喫茶店であることを説明する。

「ふぅん、今度行ってみようかしら」

「……俺が働いていないときに頼む」

「さてね」

そんなやりとりをする二人を見つめていた葵が、興味深げに尋ねる。

「もしかして、恋人同士だったり？」

突然の問いかけに、今西は言葉を詰まらせるが、

「いえ、別れました」

「そう」

「ええ」

「………………」

淡々と答える伶を、葵はじっと見つめる。

「……なんだか、あなたを見ていると祖母を思い出すわ」

「お祖母さん、ですか？」

言われた伶は、どう反応したものか分からず首をかしげる。

「両親を早くに亡くしてね。私は、母方の祖母に育てられたの」

宙を見つめながら、葵はぽつりぽつりと語る。

「すごく厳しい人で、幼い頃から家のことはすべて私がやらされていたわ。いわゆる花嫁修業ってやつかしら。……そんなこと誰も望んでないのに」

葵は眉をしかめ、ふぅ、と息を吐く。

「いつも淡々としていて、感情が読めない人だったわ」

いまの貴女みたいにね、と葵は伶を見つめる。

「女性建築士――か。自立した女性って感じがして、格好いいわよね」

若くして事務所を切り盛りする薫子など、正直羨ましい、と葵はつぶやく。

「久遠さんだって、会社でのお仕事とは別に、個人投資家としても成功しているじゃありませんか」

「……どうなのかしら。元々、やりたくて始めた仕事ってわけでもないし」

少しでもお金が稼げそうな仕事を選んだに過ぎない。そう自嘲気味に笑った葵は、ぽつりとつぶやく。

「男は働きに出て、女は家を守るものって昔から言うじゃない？」

そのまま視線を、雑草が生い茂る庭へと向ける。

「私には、祖母がそういった古い考え方に固執(こしつ)しているように思えたわ」

年端もいかない子供に、箸の上げ下げから言葉遣いまで徹底的に躾け、家のことはすべてやらせる。そして、自身は日がな一日同じ部屋に籠もり、ろくに外に出ることもなかった——そんな祖母が、葵には古くさい家に縛られているように感じられたという。

「そんな祖母の生き方が、私には我慢ならなかった。少しでも早く、自立して家を出たいと思っていたわ」

高校は寮があるところを選び、奨学金で進学した大学でもバイトで生活費をまかないながら必死に勉強を続け、就職してからも仕事漬けの日々。結局、祖母とは亡くなるまでまともに顔を合わせることもなかった……。

葵は、かつての記憶に思いを馳(は)せる——。

『おばあちゃん！　今日学校で――』

学校から帰ってきた葵が、庭に佇む祖母の元へ駆け寄る。

『――そこはお花の場所だよ。いますぐどきなさい』

しかし、祖母は視線を葵の足元へ向け、低い声で叱った。

『ご、ごめんなさい』

慌てて花壇スペースから飛び退いた葵は、おそるおそる口を開くが、

『そ、それでね……』

『いい機会だ。お前も花壇の世話をしっかり覚えなさい』

葵の言葉を遮るように、祖母は視線を花壇へ向け、告げた。

『――私の後は、お前がこの家を守るんだからね』

祖母の声が少し柔らかくなるが、その想いは眼前で咲く花々、そして「家」にしか向けられていない、と葵は感じた。

『まずはこの……』

『……いや』

花の世話について教えようとした祖母に、葵が頭を振りながら叫ぶ。

『花なんか、知らない！』

葵は花壇に飛び込み、手近な花を踏みつけると、そのまま母屋へ駆け出す。

『っ　待ちな――』

残されたのは、呆気にとられた祖母と、ぺしゃんこになった花だけだった……。


――自身を見つめる二人に、葵は視線を戻す。

「……つまらない話をしたわね」

おしゃべりが過ぎたと、葵はその瞳に、かすかな後悔の色をにじませる。

「仕事に戻るわ」

無言のままの二人を残し、葵は静かに応接間を後にした。

＊

その後、今西と伶は、揃って居間へと戻ってきた。

「……確かに、気持ちいいわね」

「だろ？」

いまは二人並んで、居間に寝転がっている。予定していた作業を早々に終え、昼食後の気だるさが身体を支配するなか、彼らは互いに目を合わさず、真っ直ぐ宙を見つめていた。

二人の脳裏にあるのは、先ほど聞いた葵の話。

「……ねえ」

伶は、少し逡巡するそぶりを見せた後、口を開く。

「――どうして、フルールを辞めたの？」

ある程度予期していた質問。これまで一度も、面と向かって尋ねられたことがなかった問いかけ。

今西は拳をぐっと握りしめ、ぽつりとつぶやいた。

「……自分でも、よく分からないんだ」

「分からない？」

「ああ」

フルールにいたころを思い出しながら、今西はゆっくりと言葉を紡ぐ。

「フルールでの仕事が嫌だったわけじゃない」

手先の器用さを生かし、フルールでも模型製作や図面起こしなど、様々なサポート業務で高い評価を受けていた今西。

「設計には直接関われないかもしれないけれど、器用さを買われて、卒業したらフルールに来ないか、なんて誘いもあった」

自分の力が認められ、プロの現場に貢献できることは、彼にとって喜ばしいことのはずだった。それなのに……、

「なにか違う、と思ったんだ」

かすかに感じていた違和感は徐々に膨れ上がり、気付けば今西は「フルールを辞めさせて欲しい」と申し出ていた。

「いまでも、なにが理由か、よく分かってないんだ」

フルールを辞め、大学からも足が遠のいていった、そんなある日、突然伶に別れを告げられ、部屋を出て行かれる。今西は、すべてが分からなくなっていた。

「——本当に、分からないの？」

「え……」

無言で耳を傾けていた伶が口を開く。今西は驚いて彼女を見やる。

「いま自分で口にしていたじゃない。本当はあなたも分かっているはずよ」

伶は身体を起こすと、帰り支度を始める。

「な、なんのことだよ」

戸惑った様子の今西に、伶はぽつりとつぶやく。

「――一つ、言い忘れてたわ」

伶はすっと立ち上がると、今西に背を向けながら告げた。

「今回のコンペ。フルールのプレゼンは、私が担当することになったから」

「なっ……⁉」

「御子柴さんが、そちらのプレゼン担当があなたなら条件は公平にしないと、って」

今日、ここに伶が一人で来ていたのは、実際のプレゼン担当だから、という意味合いがあったのだ。

「伶と俺が、プレゼン勝負を……」

この前の実習では、同じグループの仲間として行ったプレゼン。あのとき伶が作成したプランや、堂々たる立ち居振る舞いを思い出し、今西の中に再び不安の種が芽を出し始める。

「あなたが何に怯えているのか、私には分からない」

そんな心を読んだかのように、伶はぽつりとつぶやく。

「あなたは、逃げているだけよ」

「っ」

逃げ、という言葉に、意味も分からず今西の身体が強張る。

「……あなたは、」

彼に背を向けたまま、伶は居間を出ていく間際、小さくつぶやいた。

「――あなたは、何がしたくて建築を学ぼうと思ったの？」

彼女が去った後も、今西は延々とその場から動くことができなかった。

5

「ただいま戻りました……」

Ｅｎｎに戻った今西に、月見里が微笑みかける。

「向こうでは、何か収穫がありましたか？」

「それが……」

今西は、伶や葵と現場で会ったことを説明し、撮影した動画や写真の入ったスマホを見せる。

「さっそく薫子さんにも送っておきましょう。当分こちらには戻らないとおっしゃってましたし」

ノートPCを取り出し、作業を始めた月見里に、今西は尋ねる。

「音無さんって、どこに行ってるんですか？」

「色々なところを回っていらっしゃるようですよ。今日は確か大阪だったかと」

「大阪？」

月見里は、ええ、と笑う。

「どうしても調べたいことがあるそうで」

コンペ当日に戻ってこられるか分からないが、プランはしっかり完成させて送るから安心しろ——月見里は薫子からの言伝として、そう口にする。

「音無さんなしで、プレゼンをやるってことですか？」

「そうなりますねぇ」

なにか困ったことがあっても、いざとなったら薫子がフォローしてくれるだろう——そう考えていた今西は、ショックを受ける。

「で、でも、月見里さんは手伝ってくれるんですよね？」

縋るような瞳を向ける今西に、月見里は微笑みながら首を横に振る。

「もちろん作業のお手伝いはさせていただきますが、僕はあくまでサポートです。どんなプレゼンを行うのか――それを決めるのは、君の仕事ですよ」

「そんな……」

プレゼン内容どころか、プランの意図すら満足に把握できていない今西は、暗澹たる気持ちになる。

「まあまあ、そう悲観なさらず。薫子さんから新しいプランも届いていますよ」

月見里はカウンターに置いてあった紙束を今西に差し出す。

「……随分とありますね」

ぱっと見でも十数枚以上はあろうかというコピー用紙。その一枚一枚に、家の一部らしきスケッチが描かれていた。

「これ、あの家のどこでしょう?」

そのうちの一枚を手に取り、尋ねると、月見里は、さて、と苦笑する。

「図面や写真と照らし合わせてみないことには、なんとも言えませんね。とりあえず、拡大コピーした平面図にスケッチを貼り付けていきましょうか」

そのまま事務所に移動しようとした二人を、ユカリママが呼び止める。

「いまはお客さんもいないから、奥の大きなテーブルを使っていいわよ」

「では、ご厚意に甘えるとしましょう」

「分かりました」

コーヒーサーバーと焼き菓子がいくつか載ったトレイを受け取り、今西は月見里と共に奥のテーブルへ移動した。

＊

「この部屋は、床をフローリングから畳へ変更……と」

「こちらは、天井固定のシーリングライトをペンダントライトに変えるようですね」

薫子から送られたスケッチを一枚一枚確認しながら、今西たちは平面図の該当箇所に変更内容を書き加えていく。

「トイレ内部の洗面キャビネットは撤去、と。……これだと手洗いに困るんじゃないですか？」

「少し歩きますが、廊下の突き当たりに小さな洗面台を設置するみたいですよ」

簡素な手洗い鉢が描かれたスケッチを取り出した月見里は、それをトイレに面した廊下へ貼り付ける。

「これで最後か……ガレージ、ですね」

「ええ。こちらも取り除くようです」

「別段壊れている風でもなかったですけど、あれも撤去しちゃうんですか？」

「愛車が野ざらしになってしまいますねぇ」

興味深そうにプランを眺める月見里。ひと通り確認し終えたプランを見回し、今西は首をかしげる。

「どうして音無さんは、わざわざ使いづらい変更ばかりするんだ……？」

開放感溢れる天井にあえて蓋をし、トイレの手洗いを離れた場所へ移動。ガレージも撤去する。しかも、傷みが激しい壁や建具には一切手を付けず、交換するのはまだまだ使えそうなものばかりだった。

「まさか、これでプラン完成ですか？」

「こちらの応接間だけ、もう少し時間が欲しいそうです」

つい先ほど、伶や葵らと昼食を共にした離れ。今西は部屋の様子を思い返す。

「母屋と比べても、あそこは特に傷みが激しかった気が……」

「あの部屋だけ、長いこと使用していなかったようですね」

通常、使用頻度が高いほうが、痛みが激しくなると思いがちだが、建築に限ってはまったく使わないと劣化しやすくなってしまうのだと、月見里は語る。

「確かに、母屋からも離れていますし、少し使いづらい気がしました」

「応接間が必要な家というのは、近年ではそう多くありませんから」

「――ライフスタイルの変化、ってやつかしら」

いつの間にか、傍にやってきていたユカリママが、訳知り顔でうなずく。

「昔はマンションでも、ちゃんと応接用の部屋があったりしたものだけどねぇ」

「使われなくなった部屋、ってやつですか」

今西は、実習課題で訪れた小林邸を思い出す。

住み手の生活が変われば、必要とされる部屋も変わる。そのために、リフォームやリノベーションといったものが存在するのだ。

「この家も、住み手が何度も変わっているから、自然と応接間が使われなくなっていったみたいね」

ユカリママが小さく溜息を吐く。

「そういえば、この物件はユカリママの紹介だったんですよね」

「ええ、そうよ」

「なるほど、だからそういった事情もご存じなのですね」

月見里が納得したようにうなずくと、ユカリママは首を横に振る。

「それもそうだけど、カヲルコちゃんに頼まれて、ちょっと調べたのよ」

「……音無さんが？」

今西が首をかしげる。

「あの家に昔どんな住人がいて、どんな住まい方をしていたのか知りたいってね」

「どういう意味ですか？」

「そうねぇ」

ユカリママは、例えば、と続ける。

「例えば、あの家の『古さ』がいいんだって、わざと補修とかは一切しないで暮らしていた独身男性、なんてのもいたそうよ」

その逆に、短期間しか住んでいなかったのに、持ち主の許可を取って家を自分好みにＤＩＹリフォームした住人などもいたという。

「自分のライフスタイルに合わせて建築に手を加えるか、建築に合わせて生活を変えていくか――なかなか面白い見方ですね」

「結局、モノの価値なんて、人によって様々ってことよ」

「…………」

月見里とユカリママがそう言って笑い合う中、今西は無言で、薫子のスケッチが加えられた図面を見つめつづけていた。

6

数日後。あらためて依頼物件を訪れた今西は、夕焼け空に赤く染まる居間で、一人考えを巡らせていた。

「この家の価値を最も高めるプラン、か」

今回の依頼物件は、建物自体に価値がほとんどない、いわゆる『古家付き土地』と呼ばれるものだ。つまり、現在ゼロに等しいこの家の価値をどれだけ高めることができるか、という勝負になる。

「フルールはいつものやり方で来るだろうから……」

投資対効果さえ高ければ、原形を留めないほど手を加えることも厭わない――それが、フルールの設計手法だ。

「すべて壊してアパートに建て替えるべき……とまでは言わないだろうけど」

この家に存在する、少しでも不便な箇所はすべて、より利便性の高い新しいものに置き換える――ほとんど新築と変わらないようなプランが出てくる可能性も高い。

「そう考えると、音無さんのプランはまったくの正反対だよなぁ……」

スケッチに描かれたプランはすべて、この家をさらに使いづらくするようなものばかりだった。

――車が雨ざらしになってしまう駐車スペース。わざわざトイレを出て廊下の反対側まで行かなければ手も洗えない洗面台。現在の白色蛍光灯よりもずっと暗くなってしまう暖色のペンダントライト……。

「この天井も……」

今西の目の前にある、開放感溢れる天井も、わざわざ蓋をして閉塞感を作り出してしまうという。初めてプランを目にしたときは、その意味がさっぱり理解できなかった今西だったが……。

「……低い天井のほうが、かえって落ち着くのかもしれないな」

だだっ広い部屋よりも、適度に狭い部屋のほうが心安まるという人もいる。無駄に高い天井は、一人でいると妙に寂しさを覚えてしまうのも事実だ。照明の配線などがむき出しになっているのも、こうして改めて見ると不格好に感じられた。

「もしかすると、元々この天井は、塞がっていたのかもしれないな」

今西は、ユカリママから聞いた、過去の住人についての話を思い出す。

以前の住み手が、自分の住みやすいように家をリフォームする過程で、天井を取り除いてしまったのだとしたら――。

「天井がないことが、この家にとっては不自然な状態ってことか……」

ふと、今西はその「不自然さ」に、既視感を覚える。

「ん?」

そのとき、今西のスマホから着信音が鳴る。

「もしもし」

『調子はどう？』

電話の相手は、薫子だった。

「ええと……」

なにかヒントのようなものを摑んだ気がしたが、思考は再び霧の中へ。まだプレゼンの方向性すら定まっていないと、今西は正直に話す。

『そんなことだろうと思ったわ』

電話の向こうで、薫子はやれやれと溜息を吐く。

『――いまからすぐ、こっちにいらっしゃい』

「え？」

『あなたに、ヒントをあげるわ』

今西は、戸惑いながら尋ねる。

「音無さん、いまどこにいるんですか？」

薫子は小さく笑い、きっぱりと告げた。

『――北海道よ』

7

「——遅い！」

翌日。ろくな支度もしないまま、急いで飛行機に飛び乗った今西。メールで指定された場所へ向かった彼を待っていたのは、頬を膨らませた薫子だった。

「これでも、できる限り急いだんですけど……」

初夏といっても、まだ肌寒さが残る北海道。うっかり半袖シャツで来てしまった今西は、うっすら冷気を帯びた風にぶるりと肌を震わせながら、息を吐く。

「言い訳無用。さっさと行くわよ」

そう言って歩き出す薫子を、今西が慌てて追う。

「行くって、どこに……」

「ヒントをあげる、って言ったでしょ」

これから向かう場所に、今回のリノベーションプランに関する重大なヒントがある

——そう、薫子は告げた。

「プランのヒントが、北海道に……？」

首をかしげる今西に、薫子は問いかける。

「——私がなぜ、これまで各地を転々としていたか、チュンには分かるかしら？」

「え……」

真剣な瞳を向けられ、今西は必死になって頭をひねる。

薫子が訪れた場所は、大阪、北海道……、月見里伝いに今西が聞いた話では、他にも何カ所か回っていたという。

「！」

ふと、ユカリママとの会話が、今西の脳裏をよぎる。


『――カヲルコちゃんに頼まれて、ちょっと調べたのよ』

『……音無さんが？』

『あの家に昔どんな住人がいて、どんな住まい方をしていたのか知りたいってね』


今西は、おそるおそる答える。

「……もしかして、あの家の元・住人を訪ねて回っていた、とか」

「正解」

薫子は、よくできました、と小さく笑う。

「一体、何の目的で……？」

「あの家が辿ってきた、歴史を知るためよ」

現在の建築だけでなく、その『過去』も知る必要がある——薫子が以前そう語っていたことを、今西は思い出す。

「じゃあ、これから行くところも……」

「ええ」

薫子は、とある建築の前で立ち止まる。

「——ここを訪ねることで、私のプランは完成するわ」

それは、古びた洋館を改装した、一軒のレストランだった。

＊

広い庭が見渡せるテラス席。その一つに案内された薫子は、せっかくだから昼食にしましょう、とランチコースを二人分頼んだ。

「どうしたの？　遠慮なく食べなさい」

次々と運ばれる料理に舌鼓を打つ薫子。対して、こういった店に慣れていない今西は、コンソメスープで暖を取りながら、きょろきょろと周囲を見回す。

「あの……、この店に一体何が……？」

「話は後。いまは美味しい食事を楽しみなさい」

グラスワインまで注文し始めた薫子に、今西は戸惑いを一層強めた。


「――お食事はお楽しみいただけましたか？」

食後のコーヒーに口を付ける薫子たちのテーブルに、ダブルの上着にエプロン姿の男性がやってくる。彼はこの店のオーナーシェフだと名乗った。

「質問、よろしいでしょうか」

ひとしきり料理への賛辞を口にした薫子が、そう切り出す。

「こちらの建築について、なのですが」

薫子は、この洋館をレストランとして使用している経緯について尋ねる。

「元々、この建物は、明治の頃に建てられたものだそうです」

大家の曾祖父にあたる人物が、当時、外国人建築家の下で学んだという人物に設計を任せ、邸宅として建てたのだという。

「ずいぶんと老朽化も進んでおりましたので、一時は取り壊しも検討なさっていたようですが……」

立派な建物は、それを維持するだけでもコストがかかる。住む人間もおらず、廃墟同然となっていた建築を偶然見つけ、一目惚れしたというこのオーナーシェフが、ここで店を開かせてくれないか、と頼み込んだのだという。

「大切に扱ってくれるのなら、と非常に格安で貸してくださいまして」

本心ではこの建築を取り壊したくなかったという大家は、喜んで建物のメンテナンス方法などを教えてくれたそうだ。

「特にこちらの庭は、この家の女性が代々大切に守ってきたものだそうで」

三人の目の前には、立派なイギリス式庭園が広がっている。いまでも大家は、自ら定期的に庭のメンテナンスへやってくるのだという。

「私も、こうやって時間ができると、庭や建物を見て回るようにしているんですよ」

そう言って薫子らに一礼すると、オーナーシェフはテラス席の客らに挨拶をしながら、ゆっくりと庭を回り始めた。

「——線が、つながったわ」

ぽつりと薫子がつぶやく。

「もしかして、プランが出来上がったんですか？」

「ええ。というか——これ以上、なにも手を付けないことに決めたわ」

薫子は、テラス席となっている東屋を見上げ、そう告げる。

「なにも手を付けない……？」

プランで未完成だったのは、応接間だけであったことを、今西は思い出す。

「そういえば、この東屋って、あの応接間にちょっと似ていますね」

こちらは壁ではなく、柱で囲まれただけの開放的な空間だが、和の特徴が見受けられる屋根やテーブルの配置。そして何より、広々とした庭を眺めたときの感覚に、今西は似たものを覚えていた。

「これは、『ガゼボ』っていうのよ」

西洋の庭園に置かれる、日よけや雨宿りの場となる建築。それ自体が庭園を構成する装飾の一つでもあり、美しい庭園を眺めるためにも用いられる。

「私が、あの家の元・住人を訪ねて回っていたのはね、建築の歴史——あの家に彼らが施していったものの足跡を辿るためだったの」

「元・住人が、あの家に施していた……？」

今西は、薫子に示されたプランを、もう一度思い起こす。

「まさか……」

建物の外観にそぐわない無骨なガレージ。利用者の動線を塞ぎ、トイレを狭くする要因になっている洗面キャビネット。落ち着いた木の質感を無粋に明るく照らす、白色蛍光灯のシーリングライト……。

あの家で感じた些細な違和感——不自然さの数々。薫子のプランは、それらをより〝自然〟な状態へと変えるものばかりだった。


「——音無さんは、あの家を〝元の姿〟に戻そうとしているんですか？」


「その通りよ」

今西の答えに、薫子は満足げな顔でうなずく。

窮屈な天井をぶち抜き、開放感を得る。手洗いがしやすいように、トイレに洗面キャビネットを設置する。明るさが足りない照明を、白色蛍光灯のシーリングライトへ変える。愛車のためにガレージを建てる……。

これらはすべて、かつての住人たちがそれぞれの住まい方に合わせて、建築に手を加えていった結果だったのだ。

リフォームによって家を作り替えるのではなく、既にリフォームによって作り替えられていた部分を元に戻す――まさに、逆転の発想とも言うべきプランだった。

「でも、どうしてそんなことを……？」

わざわざ建築を古い状態に戻す。その意味が、今西には分からなかった。

「ヒントはここまでよ。後は自分で考えてみなさい」

小さく笑い、口を閉ざす薫子。

「…………」

今西はあらためて思考を巡らせる。その視線の先には、古びた建築を愛おしそうに眺めるオーナーシェフの姿があった。

「！」

――この古びた洋館に、一目惚れしたというオーナーシェフ。

今西の脳裏に、ユカリママとの会話が浮かぶ。

「そういえば、あの家の『古さ』が気に入って住んでいた人がいるって……」

古くなったり使いづらくなった箇所でも、あえて新しい物に置き換えたりせず、自らのライフスタイルを建築に合わせながら住んでいたという、かつての住人の一人。

彼の存在こそが、このプランの正しさを証明してくれるのでは――

「なにか分かったって顔ね」

「……はい」

プレゼンの方向性は決まった。あとは急いで事務所に戻り、プレゼン資料をまとめあげるだけ……。

そう考えた今西だったが、

「あの家の、かつての風景……か」

目の前に広がる美しい庭園と違い、鬱蒼（うっそう）と雑草が生い茂っていた庭を思い出す。

「っ」

ふいに強烈な寂寥（せきりょう）感に襲われた今西は、衝動的にスマホを取り出した。

『どうかしましたか？　今西君』

電話の向こうの月見里に、今西は自分の代わりにプレゼン資料作成を頼めないか、と切り出す。

「プレゼン内容はすでに決まっています。お願いできないでしょうか？」

『――分かりました』

月見里は尋ねる。

『君にしかできないことがあるんですね？』

「はい」

今西の答えに、月見里は満足したように「あとはこちらでなんとかしましょう」と返す。

『とりあえずプランの図面起こしからでしょうか。いやいや、久しぶりですねぇ』

「……本当にすみません」

月見里は「いいんですよ」と笑い、電話を切る。

「あとは……」

今西は小さく深呼吸し、正面の薫子へと視線を向ける。

「なにかしら?」

興味津々といった様子の彼女に、今西は思いきって告げた。

「――許可をいただきたいことがあります」

8

そして、コンペ当日。

雲一つない青空に強い日差しが照りつける中、今西と月見里、依頼者である葵、そして伶や御子柴といったフルールスタッフ数名は、最寄り駅からプレゼン対決の舞台となる依頼物件へと徒歩で向かっていた。

「ギリギリでしたが、プレゼン資料が完成して良かったですね」

「……本当に、ご迷惑をおかけしました」

薫子に許可を得た後、今西はある作業のために、ずっとあの家に籠もっていた。月見里にプレゼン資料作成を代わってもらわなければ大変なことになるところだった。

「何をしていらしたのかは分かりませんが、資料作成よりも大事なことだったんですよね？」

確信めいた瞳でそう尋ねてくる月見里に、今西は大きくうなずき返す。

「俺にしかできないことが、見つかったんです」

そのとき、先頭を御子柴と並んで歩いていた葵が、目的地へたどり着く。

「今日は、玄関から入りましょうか」

今西が直した戸を開け、一同は奥へと進む。すると、

「――えっ⁉」

居間に着いた葵が、目の前の光景に驚き、声を上げる。何事かと葵の視線を目で追った御子柴らも、同様に目を丸くする。

「……なるほど、こういうことでしたか」

月見里が納得したようにうなずく。皆の視線を釘付けにしていたのは、居間から見えるこの家の庭。

――荒れ放題だった庭は、雑草がほぼない広々としたものへと生まれ変わっていた。

「これは……、一体誰が……」

呆然と立ち尽くす葵に、今西は前へ進み出て頭を下げる。

「すみません。俺が勝手にやらせてもらいました」

「あなたがこれを……？」

もしなにか問題があれば自分で責任を取るつもりで、今西は言葉を続けた。

「他にも、壊れたり汚れたりしていたところは、できる限り補修してあります」

「……どうして、わざわざそんなことを？」

訝しげにこちらを見やる葵に、今西ははっきりと告げる。

「これが、今回提案するプランの意味を示す、俺なりのプレゼンだからです」

小さく深呼吸すると、今西は一同をプレゼン会場となる応接間へと案内した。

＊

「――我々が提案するプランは、この家本来の魅力を再発見するものです」

応接間に集まった一同を前に、今西は緊張しながら言葉を紡いでいく。

「リフォームというと、古くなったり壊れて使えなくなった箇所を新しくする、といったものが一般的ですが、今回のプランは逆に、その〝古さ〟の持つ価値を取り戻すことを目的としています」

「古さの価値……？」

「天井や照明、そしてガレージ……。この家は、代々住人が移り変わっていく中で、少しずつ手が加えられています。その結果、全体としてまとまりのない、ちぐはぐな状態になってしまったんです」

自分たちの提案は、それら新しい要素をすべて取り除くものだ、と今西は語る。

「我々のプランによって、この家は本来の姿を取り戻します。それは『本物』を求める住み手にとって、何よりも変えがたいものとなるはずです」

近年、古民家や町屋といった昔ながらの建物が密かに人気を集めている。都会のせわしない空気に疲れた人たちが、田舎暮らしに憧れるように、昔の建物に住み、その不便さもあえて楽しむ。そういった人らにとって〝田舎風〟ではない本物の古民家は、まさに宝のようなものなのだ。

Note 04_？？邸

今西の解決案：本物を求める住み手をコアターゲットにした、
この家の本来の姿を取り戻すプラン

After

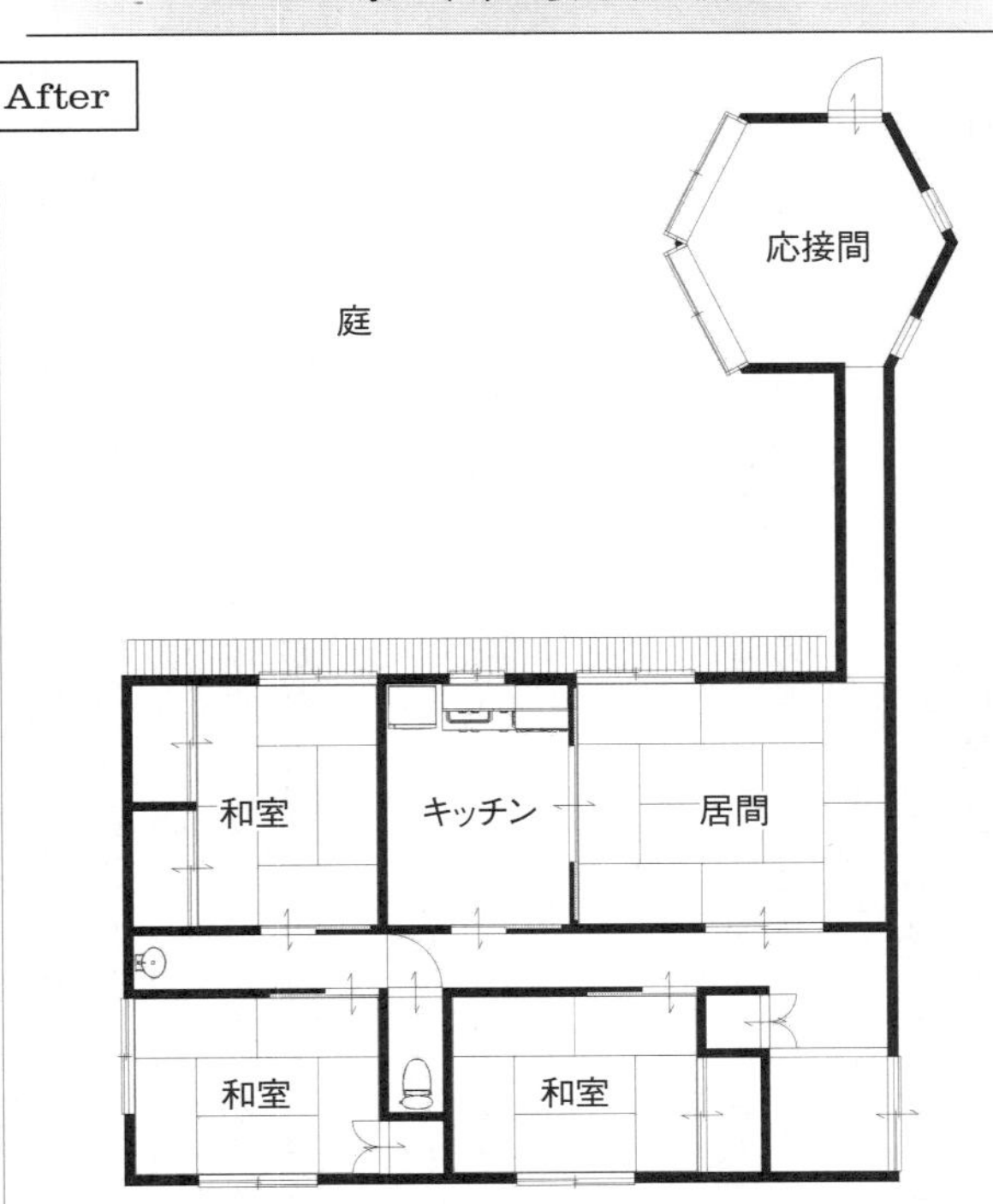

* 床をフローリングから畳へ変更
* 梁がむき出しの天井に新たな合板天井を追加
* 天井固定のシーリングライトをペンダントライトに変更
* トイレ内部の洗面キャビネットを撤去し廊下の突き当たりに別の手洗器を設置
* 駐車ガレージの撤去　など

「昨今では数が少なくなっていることから、一度こういった家に住み始め、その魅力の虜となった住人は、できるだけ長く住み続けようと考える……。これは、物件オーナーにとって大きなメリットとなります」

幅広いニーズに合わせた無難な家にするのではなく、この家が本来持つ魅力を生かして、コアなターゲットを摑む。それが薫子のプランに対する、今西なりの解釈だった。

「家の価値を知っているのは、所有者や住み手だけではありません。この地に長く住む人たちにとっても、この家は大切な風景、思い出の一部なんです。安易にすべてを新しいモノに取り替えてしまうことは、はたして正しいのでしょうか？」

「思い出の一部……」

今西の言葉を反芻するように、葵がつぶやく。

「庭を綺麗にしたのは、変わることの寂しさや、それらがもう一度取り戻せるものなのだということを分かっていただくためでもあります」

続いて今西は、この手で補修した箇所を指さしながら、説明する。

「新しいものに取り替えなくても、直せばまだまだ使えるものは沢山あるんです」

古くなって木がささくれていた柱や敷居などは、サンドペーパーで削って木材保護の塗料を塗った。台所の壁についた煤汚れや鴨居に積もった埃なども、念入りに掃除することで見違えるように綺麗になった。幸い腐った木材や大きく破損している箇所などはなかったので、これでほぼ元通り使用することができる。

「利便性ばかりを求めてすべてを新しいものに置き換えるばかりが、建築の住まい方ではありません」

居並ぶ聴衆に向き直り、今西は精一杯の気持ちを込めて告げる。

「壊れた部分を住み手自身が直しながら、少しの不便さは創意工夫で解決していく――そんな昔ながらの暮らしを取り戻すのが、我々が提案するプランです」

そう締めくくり一礼した今西は、大きな満足感とともに月見里の元へ戻った。

「お疲れ様でした。いいプレゼンでしたよ」

「緊張、しました……」

「力は出し切れましたか？」

「……いまの俺にできることは、すべてやったつもりです」

どっと押し寄せてきた脱力感も、いまは心地良かった。これほどの充実感を感じたのは、いつ以来だっただろう――そんなことを、今西はふと思う。

「いやあ、ぜひ薫子さんにも見ていただきたかったですねぇ」

まだ少し調べたいことがある、と北海道に残った薫子。自分は彼女の代役をしっかり果たせたのだろうか、と今西は一抹の不安を覚える。

「――次はフルールの方、お願い」

あらかじめ手渡された双方の資料を真剣な目で見つめながら、葵が告げる。

「はい」

伶がすっと立ち上がり、堂々たる足取りで壇上へ向かう。その表情にはいささかの緊張や焦りも感じられない。今西の中で、わずかに不安が大きくなる。

「……大丈夫、大丈夫だ」

プレゼンで今西は、フルールお得意のやり方を暗に比較対象として取り上げることで、プランの魅力を説明した。自分たちのプレゼンの後で、すべてを新しいものに置き換えるプランを提案するのは、分が悪いはずだ。

「今回、我々が提案するプランは――こちらです」

伶の合図で、スタッフが壁にスライドを映し出す。

「え……」

今西はそのプランを見て、言葉を失う。

「不易流行——この家本来の姿を最大限残しつつ、いまの時代に則した要素を取り入れ、調和させる。それが、我々のプランです」

いつものフルールのやり方とは異なる、〝古さ〟を重視したプラン。

伶が告げたのは、今西がプレゼンで説明した内容に、フルールの設計手法を融合させた、『ハイブリッド・プラン』ともいえるものだった。

9

「この家の魅力が、いまはもう少なくなった昔ながらの建物そのものにあることは、先ほど音無建築事務所側が説明したとおりです。我々フルールのプランも、基本的には家本来の姿をなるべく壊さぬよう、配慮しています」

一呼吸おいて、伶は「ただし」と続ける。

「遙か昔に建てられた家そのままでは、現代の生活スタイルに合っていないものが多々あることも、また事実です」

かつての住人らが、自分たちなりのリフォームを施したのも、それなりの理由があってのことだと、伶は語る。

「この家に施されたリフォームは、その時々の住人が場当たり的に手を加えたものであるため、全体として歪(いびつ)なものになってしまっていることは、そちらのおっしゃる通りです。そこで、我々フルールは、この家が持つ本来の魅力を損なわずに、利便性を向上させるプランを考えました」

伶はスライドを切り替えながら、プランのポイントについて説明する。

「和室に合わない白色蛍光灯のシーリングライトは、器具はそのままで色や明るさを自由に変えることができるLEDに変更。トイレを狭くしていた洗面キャビネットは、よりコンパクトなものに変えています。逆に、開放感のある居間の天井は現在のままにしつつ、照明や梁の仕上げを工夫することで、単なるがらんどうな空間にならないよう、配慮しました」

フルールもこの家の不自然な部分に気付いていた。しかも、それらを昔の姿に戻すのではなく、利便性を残しつつも不自然さだけを解消する内容になっている。

「他にも、手入れや管理が大変な箇所は、メンテナンスが容易な現代の素材に変更しています。見た目や質感はまったく変化がないものを選んでいますので、この家の魅力を損なうこともありません」

伶はそこで小さく息を吐き、少し寂しげに周囲を見回すと、ただし、と続ける。

「この応接間は――撤去します」

葵は「そう」と、短くつぶやいた。

「以前の住人も、あまり利用されていなかったようですし、防犯上のデメリットもありますので。母屋の古民家テイストに、中途半端な洋風意匠はそぐわないと感じたのも、理由のひとつです」

伶はちらりと今西を見やると、再び口を開く。

「フルールの設計コンセプトは、できる限り幅広いニーズに答えるべく、トレンドを敏感に感じ取り、時代に則したプランへと落とし込むことにあります。当然それは、このプランにも生かされています」

スライドには、今回フルールが提案するプランのポイントが、印象的なフレーズでまとめられていた。

「『本物』にこだわる住み手のため、新しいものを一切排除する……。確かにそれも一つの考え方と言えるでしょう。しかし、そこまでストイックなニーズが、一体どれほどあるというのでしょうか」

伶は、声を強めながら言葉を紡ぐ。

「古民家独特の魅力は存分に味わいつつも、自分の生活スタイルはそれほど崩したくない。それが多くの住み手の本音でしょう。誰だって、建築に縛られた生活など望んでいないでしょうから」

再び周囲を見回し、伶ははっきりと告げる。

「その象徴とも言えるのが、この応接間です。古い家の不便さ——生活スタイルの変化から取り残されてしまった空間をそのままにして、住み手に押しつけようとする。それは、設計者のエゴではないでしょうか」

伶の言葉が、今西の胸に突き刺さる。

もしかすると自分は、フルールへの対抗意識のあまり、住み手への配慮が欠けていたのではないだろうか——そんな疑念が湧き上がる。

「以上が、フルールが提案する、この家のリフォームプランです」

伶が静かに言葉を締めくくると、居間全体がしんっと静まりかえる。

「——さあ、久遠さん。一体どちらのプランをお選びになりますか？」

しばらくの後、御子柴が自信満々にそう問いかける。

伶のプレゼンは、今西が語った内容を踏まえつつも、その一歩先をいくものだったといえる。フルールの面々が勝利を確信するのも当然だった。

「……そうね」

俯き加減だった葵は、小さくつぶやきながら、ゆっくりと顔を上げる。

「今回の勝者は——」

葵が口を開いた、そのとき、

「――ちょっと待ちなさい！」

突然現れ、そう告げたのは――音無薫子だった。

10

「遅くなったわね。ギリギリ間に合って良かったわ」

薫子はそう言って、一同の前に立つ。

「……いまさらやってきて、どういうつもりだ？」

御子柴が薫子を睨み付ける。

「どうやらみんな、今回のポイントを勘違いしているようね」

そんな視線に、薫子は得意げな笑みで応える。

「チュンも、あなたたちフルールも――依頼人である久遠さんさえも、ね」

「……どういう意味？」

「久遠さん、貴女は薄々気づいているのではないかしら？」

「っ」

葵の表情に動揺の色が表れる。

「――重要なのは、この応接間をそのまま残すか、否か。それだけよ」


「この部屋を……？」

首をかしげる今西に、薫子が問いかける。

「この応接間みたいな建築のつくりって、何て呼ばれているか知ってる？」

「え？」

純和風なつくりの母屋と異なり、ペンキ塗りの板壁や出窓など、ところどころに洋風のつくりをもつ建築。現代の住宅ともまた違った、独特の和洋折衷（せっちゅう）な意匠。


「――『擬洋風建築』よ」

正確には、擬洋風建築を模して昭和になってから建てられたものだと、薫子は語る。

擬洋風とは、明治以降の建築によく見られた意匠で、洋風建造物を日本の大工が見よう見まねで模したものとも言われている。和風建築に西洋建築が混ざった独特のデザインは、生活スタイルが西洋風に変化していくのに合わせ、個人の民家にも少しずつ取り入れられていき、近代住宅の基礎となったという。

「所詮は西洋のコピーだろう？　下手に残したところで、バリューアップするとは思えないがな」

そう言って笑う御子柴に、薫子はやれやれと首を振りながらつぶやく。

「……分かってないわね」

「何？」

「擬洋風建築は、単なる『古民家』よりも、ずっと日本らしい独自の建築様式よ。根強いファンはいまだ多いわ」

特にその特徴が顕著な応接間を壊すなんて、もってのほかだと薫子は語る。

「それに、ね」

本当のポイントはそこではない、と薫子は続ける。

「あなたたちは、今回の依頼について大きな勘違いをしているわ」

応接間に居並ぶ皆が首をかしげる。

「チュンのプレゼンも、いいセンいってたみたいだけど。そこまでは考えが至らなかったようね」

「ど、どういうことですか……？」

今西の問いかけに、薫子がはっきりと告げる。


「──今回、私が考えたリノベーション。目的は『投資用物件』じゃないのよ」


今西がとまどいながらつぶやく。

「誰かに『売る』のが目的じゃない、ってことですか？」

「『貸す』目的ですらないわ」

薫子はそう断言し、言葉をつづける。

「一般的に、投資用物件は特定の誰かだけを対象としたつくりにはしないものよ。フルールが提案したプランのように、ターゲット層を絞りつつも、ある程度は汎用性を持たせた仕様にするのが普通ね」

薫子は、葵に向かって告げる。

「私のプランは、それとは別物──久遠さん、貴女のためだけに作られたものなの」

この家を昔の姿に戻すことこそが、葵のために考えられたものだと、薫子は語る。

「……どういう意味か、説明してもらえる？」

葵の疑問に、薫子は問い返す。

「久遠さんも本当は迷っていたのでしょう？　この家を、どうすべきなのか」

リフォームかリノベーションか、という問いに、はっきりと答えを返さなかったのは、葵自身がこの家をどうしたいのか分からなかったから——そう薫子は断言する。

「……何が言いたいのかしら？」

鋭い視線を薫子に向ける葵。

「最初は、ちょっとした違和感だったわ」

薫子は何かを思い返すように宙を見やる。

「チュンがケガをしたとき、貴女は洗面台の場所を『廊下の突き当たり』と説明していたわよね」

実際には、その場所には洗面台などなく、代わりに今西は、途中にあったトイレ内部の洗面キャビネットを使った。

「あっ……」

今西はあることに気がつく。薫子のプランでは、トイレの洗面キャビネットは取り除かれ、その代わりとして、廊下の突き当たりに洗面台が設置されていた。

——この家の、昔の姿として。

「久遠さんは、元々の家を知っていた……？」

「その通りよ」

薫子は大きくうなずく。

「久遠さんは、かつてこの家に深く関わっていた……おそらく、元住人か所有者だったと、私は考えたのよ」

室内を大きく見回した薫子は、ゆっくりと語り出す。

「この応接間の元になった建築は、北海道にあったわ」

いまはレストランに改装されているその洋館は、かつて貿易で財を成した実業家が邸宅として建てたものだった。

「娘たちのために作られた立派なイギリス式庭園。その中に、この建築と似たつくりの『ガゼボ』があったの」

今西は、薫子とともに食事をした、あの建物を思い起こす。

「やがて成長した娘の一人は、遠く離れた地へと嫁いだ。彼女が故郷で慣れ親しんだガゼボを模して作ったのが、この応接間なの」

薫子の話で、今西はあることに気付く。同時に伶もはっとした表情になる。

「彼女――片岡郁子(かたおかいくこ)の孫。それが久遠さん、あなただったのね」

誰一人言葉を発せず、沈黙が空間を支配する。

「………隠しておくつもりは、なかったのだけれど」

自分でもどう説明したものか分からなかったと、葵はぽつりとつぶやく。

「よろしければ、詳しいお話を聞かせてもらえるかしら？」

「別に、面白くも何ともない話よ」

もう一度小さく息を吐き、葵はゆっくりと口を開いた。

「ご推察の通り、私はこの家に住んでいた片岡郁子の孫娘よ。幼い頃に両親を亡くした私は、この家で母方の祖母に育てられたの」

今西らに語った話を、久遠は辛い体験と共にもう一度説明する。

「この応接間――離れは、元々祖母の自室だったの。私は、ほとんど入ったことがなかったけれど」

祖母の故郷に、元となったガゼボがあったことなど、まったく知らなかったと葵はつぶやく。

「この家が売りに出されていることを知ったのは、偶然よ。以前、別の仕事で知り合った狩生さんから、いい物件があると紹介されたときは、流石に驚いたわ」

ユカリママのことだ。単なる『偶然』じゃあないのでは……と、今西は思う。

「こんな古くさい家に、未練も執着もなかったはずなのだけれど……」

衝動的に購入を決断したという葵。なぜこの家を買い、どのようにしたいのか――

薫子の推測したように、葵本人も分からなくなっていたのだと語る。

「……教えて頂戴。どうしてこの家を、昔の姿に戻すべきなの？　なぜ、この応接間をそのまま残すべきなの？」

真剣な表情で問いかける葵に、薫子ははっきりと告げる。


「――貴女の時間が、そこで止まっているからよ」


「私の、時間が……？」

戸惑う葵。薫子は彼女を真っ直ぐ見つめ、問いかける。

「この家で、お祖母様と過ごした思い出――本当に、辛く嫌な記憶ばかりかしら？」

「え？」

「記憶は曖昧なものよ。貴女はお祖母様への反発心から、過去の記憶を辛いもの一色に塗り替えてしまっている――そうは考えられない？」

「そんなことっ……！」

祖母に厳しく躾けられた幼少の記憶を持ち出し、葵は反論する。

「確かに、貴女のお祖母様は厳しい方だったのかもしれない。でもそれは、すべて久遠さん――貴女のためを思ってのことのはずよ」

「……そんなの、ただの押しつけよ」

葵は、苦々しげな表情を浮かべる。

「私は家を守るんじゃなくて、もっと自立した女になりたかったの」

本人が望んでいないことを無理矢理やらせるのは、大人のエゴではないか――花嫁修業なんて大きなお世話だったと葵はつぶやく。

「――貴女は、大きな勘違いをしているわ」

薫子は、鋭い視線を葵に向ける。

「……どういうこと？」

「お祖母様が貴女にしていたのは、花嫁修業ではないわ。それこそ、あなたが望んでいたように、自立した女性になるためのものだったのよ」

家のことをおろそかにしていては、とても自立した人間とは言えない。立派に自立した女性だからこそ、家事もしっかりできる必要がある――葵の祖母はそう考えていたはずだと、薫子は語る。

「そ、そんなこと……、祖母が本当はどう考えていたかなんて、いまさら分からないじゃない」

「――いいえ、分かるわ」

葵の反論を、薫子ははっきりと否定する。

「なぜなら、お祖母様こそが立派に自立した女性だったからよ」

「……え」

思いがけない話に、言葉を失う葵。

「お祖母様の生家を訪ねた後、親戚の方から色々と聞かせてもらったの」

薫子は、ゆっくりと言葉を続ける。

「早くにご主人を亡くされたお祖母様は、ご実家を頼ることもせず、ご主人が遺(のこ)した家を守るために、大変な苦労をなさったそうよ」

裕福な家庭で育ち、家の外のことなど何も分からない、文字通りの箱入り娘。それでも夫が遺した家と愛する子供を守るため、彼女は強く生きていく決意をしたのだ。

「お祖母様が立派に自立した女性だった、なによりの証拠——それが、この家よ」

どういう意味だと眉をひそめる葵に、薫子は小さく微笑む。

「私は、こう言ったはずよ。故郷で慣れ親しんだガゼボを模して、お祖母様がこの応接間を作った、と」

「あ……っ」

はっとした表情を浮かべる葵に、薫子はうなずき返す。

「お祖母様はご主人を亡くされたあと、ご自身の力で、この家を改装——リノベーションなさったのよ」

老朽化した箇所を改修するだけでなく、そこに新たな意匠、新たな建築を加える。

それこそが、葵の祖母が自身と家族のために行ったリノベーションなのだと、薫子は語る。

「この家は、和と洋が融合した『擬洋風建築』というだけじゃないわ——亡くなったお祖父様の家と、お祖母様の故郷での思い出が合わさった、この世に二つとない建築なのよ」

薫子の言葉に、一同はあらためて周囲を見回す。そこには、単なる古びた建物というだけではない何かが詰まっているように、彼らには感じられた。

「建築も、その価値も、ものの見方一つでまったく違ったものになるわ。誰かさんが擬洋風建築の価値を理解していなかったのと同様に、ね」

御子柴がバツの悪い表情を浮かべる。

「久遠さん。貴女の記憶も、お祖母様の真実を知ったいまでは、違ったものになっているはずよ」

祖母への反発心から、この家での思い出を辛いものばかりに塗り固めてしまっていた葵。彼女は自身の過去ともう一度向き合う必要があったのだと、薫子は語る。

「失った時間を取り戻すことはできないわ。でも、存在したはずの幸せな思い出すらもなかったことにしてしまうなんて……そんなの、寂しいじゃない」

薫子は、柱にそっと手を添えながらつぶやく。

「建築には、住み手の過ごした様々な記憶が刻み込まれているわ。この家も、あなたの記憶とはずいぶんと変わってしまったかもしれないけれど、どこかにまだ、大切な思い出の痕跡が残されているはずよ」

「思い出の、痕跡……」

薫子の言葉を小さく繰り返しながら、葵はゆっくりと周囲を眺める。

「…………」

いくつかの箇所で視線が止まり、その都度、葵の瞳がすっと閉じられる。何の変哲もない柱や建具でも、葵にとっては大切な思い出が眠っているのかもしれない。そんな風に、今西は感じた。

「…………あ」

やがて、その視線が庭へと移ったとき、葵の目がはっと見開く。

「っ」

ふらふらと外へ飛び出した葵に続いて、薫子らも庭へと出る。

「この花……」

生い茂る雑草があらかた取り除かれ、枯れた芝がまばらに生えるだけになっていた庭。その一角に、レンガで囲われたスペースがあった。

そこに、紅色の小さな花が一輪、咲いていた。

「……これは、祖母が作った花壇よ」

葵は、朽ちたレンガに目を向け、つぶやく。

「家のことはほとんど私に任せきりだった祖母だけど、この花壇の世話だけは熱心にやっていたのを覚えているわ」

祖母の愛情を一身に受ける花たちに嫉妬した葵は、祖母の自室であった応接間と同様、花壇に近寄りさえしなかったという。

「でも、どうしてこの花が、まだここに……」

葵のつぶやきに、今西がおそるおそる答える。

「雑草を刈っているときに見つけて、ここに植え替えておいたんですけど……」

鬱蒼と生い茂る雑草の中でひっそり咲いていた花に、北海道で目にした見事な庭園の風景がよぎった今西は、うっかり踏んでしまわぬようにと、若干盛り土をしてあったスペースへ移動させたのだ。

「……この花は、祖母が特に好きだった花なの」

葵はかすかに震える手で、そっと花弁に触れる。

「強い、花ね」

雑草に埋もれながらも、しっかりと花を咲かせていたその姿は、葵の心に、強く気高い祖母の面影を思い起こさせた。

「ごめんね。……ありがとう」

大粒の涙で瞳を濡らしながら、微笑む葵。

——何年もの時を経て、彼女は大切な思い出と再会できたのだった……。

11

すっかり夜も更けた事務所への帰り道。今西は前を歩く薫子に頭を下げる。

「……音無さんが来てくれて、本当に助かりました」

薫子がプランに隠された真の意図を説明してくれなかったら、コンペはフルールの勝利に終わっていたのかもしれない。

「チュンもまだまだね」

詰めが甘いわよ、と笑う薫子。今西は肩を落とし、つぶやく。

「結局、今回もあまり役に立てませんでしたね。……すみません」

大きく息を吐く今西に、薫子は背を向けたまま立ち止まり、宙を見上げる。


「建築士って仕事はね――『つなぐ』ことだと、私は思うの」


「つなぐ……ですか？」

首をかしげる今西。薫子は空に瞬く星々を眺めながら、言葉を続ける。

「集めた情報や自分の考えを整理し、つなぎ合わせる。それらが一本の線（ライン）になった瞬間。最高のプランが生み出せるの」

バラバラだった無数の点が一つにつながったときの驚きや、圧倒的な解放感。それは今回のことで、今西自身も経験したものだ。

「確固たる正解があったとしても、プランの有り様は建築士によって千差万別。建築に関わる人々の思いの数だけ、線が存在するのよ」

「線……ですか？」

「――チュン、もっと自分に自信を持ちなさい」

今西へと向き直る薫子。

「庭の雑草を取り除いていなかったら、久遠さんはあの花と再会できなかった――あれは、チュンのお手柄と言えるんじゃないかしら？」

「……想定外の結果でしたけど」

今西は単に、自分のできる範囲でプランの説得力を増すために、あの家を少しでも元の姿へ近づけようとしたに過ぎない。あそこに花が咲いていたのも、それが葵にとって大切な思い出の一部だったことも、偶然の産物に過ぎないのだ。

「いいえ、違うわ」

薫子は真剣な瞳で今西を見つめる。

「チュンが行動を起こさなければ、あの結果は生まれなかった。それがたとえ予期していなかったものだとしても、あれはまぎれもないチュン自身の成果よ」

「俺自身の成果……？」

戸惑う今西に、薫子はうなずき返す。

「うじうじ悩んでいるより、そうやって行動しているほうが、かえっていい結果が舞い込んでくるものなのよ」

そっちのほうが、チュンには合ってるんじゃない？　と笑う薫子。

「まだまだ未熟で、ダメダメだけどね」

「は、はぁ……」

どう答えたものかと悩む今西に、薫子は満面の笑みで告げた。

「誰よりも、真っ直ぐな線が引けるあなたなら――きっといつか、あなたらしい素直で真っ直ぐなプランが生み出せるはずよ」

自分らしい真っ直ぐな線が生み出すプラン。

薫子や伶、フルールとも違う――今西だけの設計図。

「………はい」

強張っていた肩の力が嘘のように抜ける。今西は、身体の奥から熱を帯びた何かが湧き出てくるのを感じた。

顔を上げる。前方に見えるＥｎｎから、まばゆい光が漏れ出していた。

「これから、チュンの遅い歓迎会を兼ねた祝勝パーティよ。ユカリママが腕を振るってくれるらしいから、楽しみにしてなさい」

月見里は、準備のために先に帰っている。久しぶりに目一杯お酒を飲むぞ、と張り切る薫子に苦笑しながら、今西はその場で立ち止まる。

「……ちょっと、先に行っていてもらっていいですか?」

一瞬首をかしげた薫子は、納得したように「分かったわ」と告げ、笑みを浮かべる。

「ああ、そうそう。パーティは飛び入りも大歓迎よ」

「え……」

唖然とする今西を残し、薫子は弾むような足取りで店へと駆け出す。

「……敵わないな」

今西は小さく溜息を吐きながらスマホを取り出し、ある番号に電話を掛ける。


『勝者が敗者に、何のご用かしら?』


電話口から聞こえる少し不機嫌そうな口調。妙に強がった声色に、今西は思わず噴き出してしまう。

「そう拗ねるなって」

『……拗ねてない』

頬を膨らませる伶の顔が思い浮かび、またしても噴き出してしまいそうになるのをこらえながら、今西は口を開く。

「――この前、『何がしたくて建築を学ぼうと思ったのか?』って聞かれたよな」

『……ええ』

今西は、頭の中に思い浮かんだ画を、そのまま口にする。

「俺は子供の頃から、色々な住宅の図面を描くのが大好きだったんだ。将来自分が家を建てるならどんな家にしようか……、この家に住む人は一体どんな人だろうか……、そんなことを考えながら夢中でペンを走らせるのが、楽しくて仕方なかった。俺はそんな喜びを味わいたくて、建築についてもっと学ぼうと思ったんだよ」

有象無象の評価なんて関係ない。ただただ設計することそのものが楽しくて……。そんな自分が楽しんで設計した家で、住み手が楽しく暮らしてもらえたら……。そんな単純なことで良かったのだ。

「俺は――設計がしたい。音無さんや伶みたいにはできなくても、やっぱり俺は、建築設計が好きなんだ」

才能がないことを理由に、楽なほうへ逃げようとしていた。そんな考えに、今西自身が我慢ならなかったのだと、ようやく気付けた。

『やっぱりあなた、変わったわね。いえ、元のあなたを取り戻したのかしら――』

伶はつぶやく。

「だとしたら、音無さんたちのおかげだな」

今西自身は、大きく変わった自覚がなかったが、少しは楽観的になれた実感はある。それはまぎれもなく薫子らと出会い、時を過ごしたことがきっかけだった。

「そうだ。伶がよければ、なんだけど……」

Ｅｎｎで行われる、自身の歓迎会を兼ねた祝勝パーティに、今西は伶を誘う。

『……フルール側の人間である私が行くのって、どうなの？』

「そんなこと気にする人たちじゃないさ」

薫子と伶は、案外気が合うかもしれない。それに、ユカリママと会ったときの伶の反応が、今西はいまから楽しみで仕方がなかった。

『そうね、分かったわ』

すぐに向かうという伶に、詳しい住所を伝え、今西は電話を終える。


「チュンー、まだー？　早く来ないと、料理が冷めちゃうわよー！」

Ｅｎｎから薫子が顔を出す。

「はーい！　いま行きまーす！」

手を振り返しながら、今西は空を見上げ、思う。

──この事務所に来てから、色々な出会いがあった。建築を通して様々な人たちとつながりを持つ中で、ほんの少しだけ、前を向けるようになった。

これからも一つ一つのつながりを大切にしながら、真っ直ぐ線を紡いでいこう。

「よし、行くか」

数多の星々が、それぞれ異なる輝きを見せる夜空の下、今西は一歩を踏み出す。

この先に、自身を照らす光が待っていると──そう、信じて。

この物語はフィクションです。
もし同一の名称があった場合も、実在する人物・団体等とは一切関係ありません。
本作品は宝島社文庫のために書き下ろされました。

あとがき

この原稿を書いております書斎。もともとは二世帯住宅の一階ＬＤＫでした。造り付け本棚を設置したかつてのキッチンなど、照明から壁紙まで様変わりしておりますが、ふと、祖父母と夕食を囲んだ風景が呼び起こされることがあります。

家を建てたのは、私が小学五年生の頃。はじめての自室に夢ふくらませ、床材や収納にあれこれと注文をつける、思い返せば生意気な子供でありました。大学進学の際に建築学科を選んだのも、そんな原体験があったからかもしれません。

本作品は、いち建築好きが感じた建築の面白さを目一杯詰め込んでおります。どうか気楽に、お友達の家を初めて訪れたような気分で楽しんでいただければ幸いです。

建築とは、多種多様な専門家たちが力を合わせ、ひとつの作品を作り上げていくもの。それはどこか、物語を紡いでいく作業に似ている気がいたします。

この本を世に出すべく尽力してくださったすべての方へ——特に、拙い建築知識を的確なアドバイスで補強し、図面まで描いてくれた親友に——格別の感謝を込めて。

逢上央士

宝島社
文庫

建築士・音無薫子の設計ノート
謎(ワケ)あり物件、リノベーションします。
（けんちくし・おとなしかをるこのせっけいのーと わけありぶっけん、りのべーしょんします。）

2015年12月18日 第1刷発行
2024年12月20日 第4刷発行

著 者 逢上央士
発行人 関川 誠
発行所 株式会社 宝島社
〒102-8388 東京都千代田区一番町25番地
電話：営業 03(3234)4621／編集 03(3239)0599
https://tkj.jp
印刷・製本 株式会社広済堂ネクスト

ISBN 978-4-8002-4748-3